石坂洋次郎　愛と生の文学　**目次**

石坂洋次郎　愛と生の文学

1 序章

石坂洋次郎が戦後、「青い山脈」や「陽のあたる坂道」等の作品で流行作家の先端を走った後、昭和四十（一九六五）年、「水で書かれた物語」を発表して母子相姦を取り上げ、以後、「花と果実」「血液型などこわくない！」「ある告白」等々、同様の作品を次々と刊行して作風の転換を図っていったのは、当時としては不思議な現象と見られた。しかも、その作品も内容を次第に深化させていったのである。その間、約七年。あの石坂がどうしたのか、という声が殆どで、その真意を理解できた読者や批評家はそんなに多かったとは思われない。

しかし、七年にわたってこの種の作品をどうして発表し続けたのか、私達はぜひその解答を知りたいところである。

もっとも、その変化は「水で書かれた物語」において突如出現したわけではない。その前例として昭和二十八、九年の二短編が挙げられる。しかし、これは、同作より十数年前のものであり、この時点で本格的にその素材を取りあげようとしたとは考えられない。むしろ、これは『石中先生行状記』の中に含められていることから判断すると、「人生の経験を多少積んだ大人の目で、生れ育った郷里の風土と習俗を見直して書き上げた」（『石坂洋次郎文庫6』「著者だより」）ものと理解したほうがよい。それでは、逆に、この言葉通りにこの作品集に「郷里の風土と習俗」が含有されていたならば、その中に「近親相姦」が含まれることになり、その意味ではこれを考察する際、津軽の風土が重要だということになる。しかし、この問題は取り敢えず、横に置いておく。もっとも、石坂は「水で書かれた物語」「あとがき」において次のように述べる。

私の従来のいわゆる中間小説とはだいぶ趣きを異にしたものだが、マンネリズムの壁をうち破るために、奇手奇策を弄して、心にもないものをでっち上げ、読者を牽きつけようという下心は毛頭なかった。いや、それどころか、私のこれまでの中間小説は、この作品のところどころにのぞかれる暗い地盤を足場にして書かれてきたものだといった方が、当っていると思う。

この言い方は、自身のこの傾向は急に身に付いたものではなく、元来の身持ちだという。とするならば、いつごろからそのテーマに興味をもったのかとの先ほどの仮定が全く無意味になる。それはさておき、それからほぼ一年後の四十一年十一月に、石坂は「健全な常識に立ち、明快な作品を書きつづけた功績」に対して第十四回菊池寛賞が贈られると、「受賞の言葉」で「見た目に美しいバラの花も暗いじめじめした地中に根を匍わせているように、私の作品の地盤もあんがい陰湿な所にありそう」と語った。

これをみると、先の「あとがき」の発言も今一度読み直す必要がありそうだ。どうやら、石坂文学のこういう素材の変化は、初期の作品から徐々に探っていく必要があるということである。

詳しくは本文に譲るが、石坂が作品中に明白に性の問題を登場させた第一作は『美しい暦』である。ここに登場する女子学生・貞子の、作中の「私は……子供なんかじゃない！」との複数回の叫びは、いくら自己規制しようとしても抑えきれない女性の感情を示す。

続いて、戦後発表の「女の顔」も女性の性的覚醒を描いた作品として注目するべきである。これも、詳しくは本文で述べるが、主人公塚田和子は婚約者坂本英夫が戦死したあと、異母弟の浅利安雄と結ばれる。彼女は「男女の交際は、肉体の抱擁があつて、いつそう完全なものになる」と思い、次第に性に目覚めていく。

以後、戦後の雰囲気に歩調を合わせるかのように、「青い山脈」以後の石坂は明るい小説を発表していく中、このような性を意識した作品はそんなに多いわけではない。長編では「母の自画像」（昭和二十六〜二十八年）「白い橋」（昭和三十〜三十一年）等々であろう。

「母の自画像」は、教師をしている女性の性の目覚めを描きながら、さらに「進んだ」女性を登場させた作品である。すなわち、主人公中村タミ子はその兄嫁白川八重子を最初は嫌っていたが、次第に彼女の言葉に魅かれていく。彼女は次のように考えている。

　一人の男だけが、自分にとって魅力があり、ほかの男には魅力を感じないなんて、そんな都合のいい、片輪な心理って存在しないと思うのよ。ただ、社会生活の約束で、そういう偽りの心理が、人間の本性であるかのように思いこんでるに過ぎないんだわ。（下・一節）

事実、彼女は夫の死後、タミ子の夫・謙一と接近し、子まで設ける。また、その後にはタミ子の義弟・欣二も出入りする。このような八重子に対して、タミ子と不倫直前まで進んだ相手の医師・田島は、次のような考えを持っている。

道徳というのは、人間が集団生活をする便宜上、おたがいの合意の上でつくられたもので、それ自体、本質的な権威を含んでいるものではなさそうである。他人の妻を愛することが何故いけないのか、また、妻が他の男を愛することが何故いけないのか、社会の約束のほかには、そうしたことの価値を決める本質的な権威はない筈。（上・四十三節）

このような八重子と田島のような人物は「水で書かれた物語」に登場してもなんら不思議ではない、違和感はない。しかし、石坂はその内容を「後退」させるような形でこれを『わが愛と命の記録』と改題、改作して六年後に再刊した。

「白い橋」は、葉山家の主・藤吉の浮気と二人の娘・和子、タマエの結婚、更に和子の結婚相手・内山軍平の男女交際を中心素材にする。なかで、和子の恋愛成就が作品の主眼であるが、それ以外の様子が加わっている点が新鮮味である。まず、「情欲というものが、人間を動かす大きな力であることを、自分自身のまだ稚い性の動きで、ちゃんと見抜いている」タマエを登場させて、婚前交渉も是とする女性を描く。これはこれまでの青春物では全く異質といってもよい。

また、藤吉の、部下・サト子との不倫、軍平の、身近の相手・まち子との不倫はいずれも未遂に終わっている。作者の「過ちを犯す一歩手前のところで本人たちを立ち直らせている。これは小説としては、読者にあと味のわるい思いをさせまいとする一種の妥協」(『石坂洋次郎文庫9』「著者だより」)にすぎず、この段階での石坂の態度である。しかし、複数の不倫を描く点はそうあることではない。

さて、「水で書かれた物語」以後、石坂はどんな歩みをみせるのか。昭和四十二年に「花と果実」、同四十三年に「ああ、高原!」「血液型などこわくない!」、同四十四年に「ある告白」、四十六年に「女そして男」等々の長編をそれぞれ発表しているのが注目される。これらは必ずしも全てが近親相姦のみを扱っているわけではない。「ああ、高原!」はスカトロジーを扱う。詳しくは、本文で記述するが、「花と果実」は確かに、母子相姦を扱うものの、作品の狙いは女主人公の経済的自立がもたらす思想と行動にあり、「ある告白」も、女性の自立を描くことにあると考えられる。

とはいえ、最後の長編「女そして男」が石坂にとって近親相姦や不倫についての考えられる最高の到達点を表現したものであることに相違ない。

2 「老婆」改訂の意味

「老婆」は、大正十四年八月に『婦人倶楽部』に掲載されたが、この時の筆者名は葛西善蔵である。何故そうなったのかの事情については石坂の「葛西＝石坂代作の記」(『図書』昭和四十年八月)他に詳しいが、要するに、その稿料が善蔵の旅費に充てられたのである。

ところが、この一文「葛西＝石坂代作の記」以降、この作品を自作の著作物に石坂は含めるようになった。最初は『偽りと真実のあいまに』(角川書店、昭和三十六年十一月)の五篇に「老婆」を加えて六篇とした同題の単行本(講談社　昭和四十年十月)、次に、『石坂洋次郎短編全集』第一巻(講談社　昭和四十七年二月)がある。

しかし、その都度、石坂はこの作品に改訂を加えた。その作業は、単に字句の訂正をするだけでなく、改訂時の文学観を反映したもので、重要であると考える。

そこで、以下、それぞれの改訂の実態を説明し、それが筆者のどんな考え方に基づくのかを考察し、ひいては昭和四十年代における石坂文学の特色に迫りたい。

「老婆」梗概

しかし、そのような異同の考察の前に「老婆」がどんな作品かを、そのあらましを説明する必要がある。

おしまという老婆は、同居家族内で息子の三造夫婦に邪険にされている。何歳の時かは不明だが、彼女は、幼い三造を残して夫の新吉が女と駆け落ちして以来、苦労して子育てに専心してきた。しかし、息子は最近自分を粗末に扱う。そこで、おしまは孫のおよしを高等小学校へやり、その後も裁縫を一年余習わせ、三カ月前に結婚させた。相手は憲兵伍長だが、係累はない。

おしまには一つの夢があった。それは、およしと同居することだ。煎餅屋で土産の煎餅を求めた後そのことを今日はぜひ告げねばと思うと、おしまの胸は弾む。久しぶりに会ったおよしは大歓迎して、氷水の注文をするために家を出る。一人になった彼女はきちんと片付いた家の中に居心地の悪さを感じながら、箪笥や手文庫の中を調べる。

ちょうどそこへおよしが帰宅して、箪笥を開けたことを非難する。するとおしまは氷のコップを手荒く突き飛ばして、絶叫する。顔貌も一変する。およしはあっけにとられるが、「わしは帰る、帰るとも!」という老婆の頬にしがみつきながら「御免やう、御免やう!」と泣きじゃくる。これには老婆も怒りが静まる。仲直りした後、世間話に花を咲かせ、帰宅するという彼女を見送る際、およしは近所の奥さんが持っている櫛のことを言い、その代金を老婆からせしめる。

帰途、この頃、思い出される新吉のことをゆっくりと考えてみようと、おしまは神社の境内に入り、切り株に腰を休める。そこで泣くだけ泣いてスッキリした彼女はついて来た犬に菓子をやり、通りかかった四、五人の子供にも煎餅をあげる。最後に、「兵隊さん、ダララア、兵隊さん、ダラララア」という歌を教えると、子供たちは「やあ、気狂ひ婆ア!」と叫びながら駈け去り、石をなげつける。老婆は傘の中に隠れて息を殺す。

四百字詰め三十枚ほどの「老婆」は、大凡以上のようである。舞台はある城下町とあるが、具体名はない。また、使用される言語からその場所を特定することも困難である。ともあれ、六十歳前後の彼女の言動を主に描いた作品であることに間違いはない。

彼女は独り身の寂しさを抱え、それをおよしに紛らわそうと考えている。学校にあげたり、箪笥を買ってやったりしたから同居は当然だと考える。最近の息子夫婦の仕打ちは特に耐え難く、このままおよしの家に居続けたいと思っている。

しかし、客観的に見て、その話は成就しにくい。息子夫婦の扱いに怒っているものの、いくらおよしの夫に係累がないからといっても、新婚家庭にとってそれはすんなりと纏まる話ではない。三造夫婦にその話はまだ伝わっていないようだが、それがもし伝われば、彼らの態度は変化するかもしれない。まだまだお互いに話し合いの余地がある。

この作品は、老婆の老いゆく年齢とそこから生じる孫への依存、さらに、それも当てにできないと認識した時の切なさ等を巧みに描いている。彼女の高齢化に伴う生きることへの不安、さらにそれを孫に依存し、それがあてにならないと知って絶望して虚無的にすらなるという経緯を述べたものである。

「老婆」改訂

善蔵名の『婦人倶楽部』誌の本文をA、『偽りと真実のあいまに』に所収の本文をB、『石坂洋次郎短編全集』第一巻に所収のものをC、とそれぞれ略称する。

まず問題の少ないBからCへの改訂の方からみると、これは漢字を仮名に直す場合が多く、それらはここでは省いた。それ以外のものをあげる。

	版	頁・行	改訂箇所
①	B	188頁 13行	少しばかりヤキモチも手伝って
	C	9頁 9行	自分よりは若い肉体に対するヤキモチも
②	B	190頁 11行	出て来たのだった
	C	10頁 19行	出て来たのである
③	B	191頁 6行	はーい……
	C	11頁 9行	はアい……
④	B	194頁 15行	生ま生ましく
	C	14頁 4行	生々しく
⑤	B	195頁 13行	そう話を
	C	41頁 16行	その話を
⑥	B	196頁 13行	お婆さんも

番号	版	頁	行	本文
	C	14頁	19行	お婆さんは
⑦	B	196頁	13行	二三本
	C	15頁	12行	二、三本
⑧	B	197頁	7行	離せ！
	C	16頁	3行	放せ！
⑨	B	197頁	10行	ヒィヒィ
	C	16頁	6行	ヒーヒー
⑩	B	198頁	8行	溶けないうちに早く氷水を飲んでしまおう
	C	16頁	18行	一つ残ったコップの氷水を、二つに分けて早く飲んでしまおう
⑪	B	198頁	13行	コップを取りあげた
	C	17頁	4行	コップの中身を二つに分けた
⑫	B	199頁	6行	ここへ来て
	C	17頁	12行	ここへ来てから
⑬	B	201頁	2行	イナリ神社
	C	18頁	19行	稲荷

⑭		
B	203頁　8行	ウウア！
C	20頁　17行	ウワー！

　これらの異同を見てみると、⑩と⑪の異同以外は本文の理解に影響するようなものは少ない。ただ、⑩と⑪だけはそれらと異なって、内容に即した、より正確な記述に変化している。つまり、老婆が氷水の容器を最初から一つ倒してしまったので、残りを二人で分配しようと、このように訂正したのであろう。

　では、次にAからBへの異同を見る。なお、ここでも先の、B→Cに見られた単純な字句の異同は省くことにする。なぜならば、それよりも異同の意味が大きいと考えられるものが余りに多いからである。なお、傍線部は特に意味が大きい加筆を示す。

	版	頁・行	改訂箇所
①	A	154頁　2行	畳の上にころげた生白い太腕しか
	B	186頁　2行	畳の上にはみ出した、お上さんの生白い太腕しか
②	A	154頁　6行	敷台に腰を下ろした。ヂリ〱と蒸暑い八月の午後だつた。
	B	186頁　7行	敷台に腰を下ろした。物静かな裏町の煎餅屋の
③	A	154頁　8行	キーン〱と鼓膜に響いて来た。

番号	版	頁	行	本文
	B	186頁	8行	キーンという張りつめた音を伴って、おしま婆さんの耳に入り込んでいった
④	A	155頁	1行	お頼みしますぞ!……
	B	187頁	3行	お頼みしますがな、お上さん
⑤	A	155頁	2行	肌襦袢に腰巻姿の年増女が、
	B	187頁	4行	肌襦袢に腰巻姿の太った年増女が、
⑥	A	155頁	4行	婆さんは
	B	187頁	8行	おしま婆さんは（注—以下同様）
⑦	A	155頁	6行	ほんとにいゝ気持だつた
	B	187頁	11行	ほんとにいい気持に寝んでしまって……
⑧	A	155頁	19行	多少嫉妬の気持も手伝つて、
	B	188頁	13行	少しばかりヤキモチも手伝って、
	C	9頁	9行	自分よりは若い肉体に対するヤキモチも手伝って
⑨	A	155頁	21行	城下町の画影を見せた裏通りの
	B	188頁	16行	ジリジリと陽が照りつける八月の午後、城下町の面影を見せた裏通りの

番号		頁	行	
⑩	A	156頁	1行	一つ動いて行くほかには、子供等の影さへ見えなかつた
	B	189頁	2行	一つ動いて行くほかには、人間はおろか、トンボや蝶々のすがたさえ見えなかった。
⑪	A	156頁	3行	胴慾たかれの倅夫婦共は、わしがどんなに
	B	189頁	5行	胴慾たかれの息子夫婦は、わしがどんなに
⑫	A	156頁	6行	今のお上に腹を視透かされるのもさすがに厭だつた。
	B	189頁	10行	色の白い、餅ぶとりしたお上にケチンボだと思われるのも業腹だし、
⑬	A	156頁	7行	急に重たくなつたやうな足を運び出した。
	B	189頁	12行	すりへった下駄をペタペタ鳴らして、日陰の往来を歩き出した。
⑭	A	156頁	8行	わしを粗末にして、不自由ばかしさせるからだ
	B	189頁	13行	わしを粗末にして、食べる物、着る物にも不自由ばかしさせているからだ
⑮	A	156頁	9行	婆さんは斯う口へ出して罵つたが
	B	189頁	15行	婆さんは口へ出してブツブツ罵ったが
⑯	A	156頁	9行	此頃我慢の出来ないほど業腹に感じられるのだつた。
	B	189頁	16行	このごろ腹が立ってならなかったのだ

⑰	A	156頁	11行	憲兵曹長と縁談が出来たのだつた
	B	190頁	2行	憲兵伍長と結婚させてやったのだった
⑱	A	156頁	14行	世話になつて息を引きとりたいと云ふ魂胆からでもあつたのだつた
	B	190頁	7行	世話になって、安楽に余生を送りたいと云う魂胆があったからだ
⑲	A	156頁	15行	およしが先方へ行つてから彼是二ケ月程になるのだが、そして二三度もお互ひに往来してゐたが、いつも亭主といつしよだつたので、およしと二人きりで打解けて話す機会がなかつた。
	B	190頁	8行	およしが新世帯をもってから、かれこれ三月ほどになるのだが、いつ訪ねても、新しい家財道具を並べたてた憲兵さんの家の中には、自分を迎え入てくれるような、くつろいだ雰囲気が感じられないのであった
⑳	A	156頁	17行	このまゝおよしのところから帰るまいか、と彼女は意気込んだ
	B	190頁	12行	このまま、今日からでもおよしの家に住みついてしまおうと、おしまは意気込んで来たのであった
㉑	A	156頁	19行	小さな門から玄関まで松葉牡丹が一面に咲いてゐて
	B	190頁	14行	憲兵さんの家に着いた。小さな門から玄関まで松葉牡丹が一面に咲いていて
㉒	A	158頁	1行	はい、御機嫌よう――はい、御機嫌よう……

	B	191頁 3行	ハイゴギンギョウ（はい、御機嫌よう）――。ハイゴギンギョウ……
㉓	A	158頁 8行	いきなりあがり込むつもりで下駄を脱ぎかけてゐた婆さんは
	B	191頁 12行	いきなりあがり込むつもりで、チビた下駄を脱ぎかけていたおしま婆さんは
㉔	A	158頁 12行	やつと、ビシリと打ちのめされたやうな気持にさせられたのを
	B	192頁 3行	孫娘に、一家の主婦らしく、三つ指ついて丸髷の頭を下げられて、ビシリと打ちのめされたような気持にさせられたのを
㉕	A	158頁 21行	『晩に帰る亭主の分だな……』と、それがチクリと婆さんの腹にこたへたが、顔には表はさなかつた。
	B	192頁 15行	（晩に帰る亭主の分だな……）と、それがチクリとおしま婆さんの腹にこたえた。
㉖	A	159頁 1行	ボリ〳〵音を立てながら、およしが云つた。
	B	193頁 2行	ボリボリ堅い、並びのいい歯で、煎餅を噛みながら、およしが云った。
㉗	A	159頁 11行	彼女は自分ながら馬鹿らしく、腹立たしくなつて、ぢきに泣きやんで、思ひ出したやうに煎餅を食ひ始めた。
	B	193頁 14行	彼女は自分ながら馬鹿らしくなり、じきに泣きやんで、思い出したように、歯のない口で、煎餅をモグモグと食い始めた。

㉘	A	160頁	2行	意地悪く圧迫するやうな色彩と匂ひを漂はしてゐた。
	B	194頁	13行	意地わるく圧迫するような色彩と形を示していた。
㉙	A	160頁	10行	「長かつたでせう……。わたし出来るのを待つて、自分で持つて来たのよ。その方が早いと思つて……」
	B	195頁	8行	「長かったでしょう……。わたし出来るのを待ってて自分で持ってきたのよ。そのほうが早いと思って……」およしは氷のコップを二つのせ、上に白い布をかぶせたお盆を抱えていた。
㉚	A	160頁	12行	さうおづ〳〵話を向け始めた時、不意に
	B	195頁	13行	そう話を向け始めたとき、不意に
㉛	A	160頁	16行	箪笥の抽斗から襦袢の袖が食み出て
	B	196頁	3行	箪笥の抽斗から赤い襦袢の袖が食み出て
㉜	A	160頁	20行	大方手前も親爺の子供だけあつて、亭主さへゐれあ
	B	196頁	8行	大方、手前もあのド助平な母親の子供だけあって、亭主さえいりゃ
㉝	A	161頁	1行	好きなだけ亭主ばつかり大事にしてけつかれ！」
	B	196頁	11行	好きなだけ亭主にへばりついていやがれ……。兵隊は身体が丈夫じゃけん、お前ら毎晩ベタついているんじゃろ。おお、汚たな……

㉞	A	161頁 4行	およしは両手に顔を埋めて、畳の上に突伏した。
	B	196頁 14行	およしはあっけにとられて、おしま婆さんの鬼面のような顔を眺めていた。
㉟	A	161頁 8行	およしは婆さんの頸に獅噛みつきながら、泣きじやくつた。
	B	197頁 6行	およしは婆さんの頸に獅噛みつきながら、泣きじゃくった。半分お芝居だ。
㊱	A	161頁 11行	およしの肩にすがりついて大声で泣き出した。
	B	197頁 10行	およしの肩にすがりついて、今度はかぼそい声でヒイヒイ泣き出した。
㊲	A	161頁 20行	「そいぢや溶けないうちに早く氷水を飲んでしまはう。……わしほほんとに畳の上にぶちまけたりして勿体ないことをした……」
	B	198頁 8行	「そいじゃ、溶けないうちに早く氷水を飲んでしまおう。……高い氷を畳の上にぶちまけたりして、ほんとに勿体ないことをしてしもうた……」
	C	16頁 18行	「そいじゃ、一つ残ったコップの氷水を、二つに分けて早く飲んでしまおう。高い氷水を畳の上にぶちまけたりして、ほんとに勿体ないことをしてしもうた」
㊳	A	162頁 3行	もう大分水になつたコップを取りあげた。
	B	198頁 12行	もうおおかた溶けてなかみが水ばかりになったコップを取りあげた。
	C	17頁 3行	もうおおかた溶けてなかみが水ばかりになったコップの中身を二つに分けた。

番号	版	頁	行	本文
㊴	A	162頁	7行	しかし斯うわかつて見れば、大した打撃でもなかつたと云ふ心強さを、彼女は感じた。どうせ一人ぼつちなのだ、その方がさば〳〵していゝ、一人ぼつちの裟婆だ、と彼女は気を取直した。
	B	199頁	1行	しかし斯うとわかって見れば、たいして恐ろしいことでもないという、デンとあぐらをかいたような気分もわいて来た。どうせ人間は一人ぼっちなのだ。その方がさばさばしていい。どっち向いても一人ぼっちの裟婆なのだ。——と彼女は気持を取り直した。
㊵	A	162頁	9行	持前の快活さを取戻したおよしは、主婦としての一家の切り盛り方や、良人の自慢話や、こゝへ来て買つて貰つた腕巻時計やフエルトや草履など出して来て
	B	199頁	5行	一方、持前の快活さを取戻したおよしはおよしで、妻としての一家の切り盛り方や、良人の自慢話などをペチャクチャしゃべったあげく、ここへ来て買って貰った腕巻時計やフェルト草履など出して来て
㊶	A	162頁	15行	およしは無邪気に玄関に送り出した。
	B	199頁	14行	およしはあっさり受けて、おしま婆さんを玄関に送り出した。
㊷	A	163頁	10行	往来から少し入り込んだ神社の境内にはひつて行つて、そこの杉の切株にズキ〳〵痛む疲れた腰をやすめた。

	B	201頁 2行	往来から少し入り込んだイナリ神社の境内にはいって行って、そこの杉の切株にズキズキ痛む疲れた腰をやすめた。
㊸	A	163頁 13行	その後彼女も身を持ち崩して、悪い病気にまでとりつかれた坊主の妾をしたり、三造の奉公先の親方に身をまかせたりしたのも、女一人では暮らして行けないからで、決して自分のさもしい欲からばかりではなかつたのだが、しかしやはりわるいことには違ひないので、今の難儀はみんなその因果の報いかと、彼女は何もかも自分のせゐにして、シク〳〵と甘い涙に浸ってゐた。
	B	201頁 9行	その後、彼女も身を持ち崩して、茶屋女をしたり、坊主の妾をしたり、三造の奉公先の親方に身をまかせたりしたのも、女一人では暮らして行けないからで、決して自分のさもしい下っ腹の欲からばかりではなかったのだが、しかしやはりわるいことには違いないので、今の難儀はそんなふしだらな暮しの報いなのだと、彼女は何もかも自分のせいにして、ベショベショと変に甘ったるい涙に浸っていた。
㊹	A	163頁 17行	降るやうな油蟬の声までも、深い木立の静けさにこもつて彼女の情感めいたものをそゝつた。
	B	201頁 14行	降るような油蟬の声までも、境内の深い木立の静けさにこもって、彼女を小娘のような甘い感傷に誘いこんだ。

番号		頁	行	
㊺	A	163頁	18行	さつぱりした気持になつて、彼女は思ひ出したやうに煎餅を食べはじめた。
	B	201頁	15行	おしま婆さんはさっぱりした気持になって、思い出したように、歯のない口で、よし子の家からこっそり持ちかえった煎餅を食べはじめた。
㊻	A	164頁	13行	「兵隊さん、ダラララア、 憲兵さん、ダラララア、 兵隊さん、ダラララア、 憲兵さん、ダラララア……」。
	B	203頁	4行	「兵隊さまア　だららア きゃっペア　だららァ 兵隊さまア　だららァ きゃっペア　だららァ （きゃっぺは男根を意味する津軽の古い方言）
㊼	A	164頁	19行	馬鹿婆ヤーイ！
	B	203頁	12行	色きちがいの助平婆ア！
㊽	A	164頁	20行	小石がバラ〳〵と飛んで来た。彼女は立ちあがる気力もなく、洋傘の中に小さくちゞこまつて、息を殺して石を防いだ。 ——（終）——
	B	230頁	13行	小石がバラバラと飛んで来た。おしま婆さんは怒る気力もなく、ひろげた洋傘の中に小さくちぢこまり、息を殺して、子供等の石を防いだ。

	C
	21頁　3行
遠く、晴れ渡った青空を背景に、岩木山のクッキリしたすがたが、背の低い神秘の杉林の上に、裾を長く全容を現わしていた。	遠く、はれわたった青空を背景に、岩木山のクッキリしたすがたが、背の低い神社の松林の上に、裾を長くひいた全容を現わしていた。

以上のような本文異同を通じて、どんなことが判明するかと言えば、㋐から㋓の四点に分けて説明できる。

㋐――老婆の人物造形に関するもの。――彼女の年齢は不明だが、六十歳前後と推定される。人生五十年と言われた時代である。新婚のおよしの家に同居させてもらえるように頼もうと考えてその家を訪問する。

そんな老婆を例えば、⑫のように、煎餅屋のお上に対して、色の白い、餅ぶとりした彼女にケチンボと思われるのを業腹と考えたり、⑬のように、すりへった下駄をペタペタ鳴らして歩く様子を述べたり、㉞のように、老婆の怒る様子をよりリアルにというように、描写を丁寧適切に改訂している。そんな彼女に対しては、物を食べるシーンにおいて特に丁寧に書き直しをする。

例えば、㉖のように、およしがボリボリ堅い、並びのいい歯で煎餅を噛みながら食べるのに対して、そのすぐ後で（㉗）、老婆を歯のない口で、煎餅をモグモグと食い始めたと措写する。さらに、㊺では、歯のない口で、およしの家からこっそり持ちかえった煎餅を食べ始めたとその老齢さを的確に表現する。いずれも、改訂の結果、年齢にふさわしい状態を生むことになった。

㋑――性の表現に関するもの。この作品は性に関する描写が多いが、それをより徹底する改訂になっている。例えば、⑧の煎餅屋のお上の恰好が「薄い晒しの腰巻の下のハチ切れそうな太股の肉が、ムズムズと動」くのに対して、老婆は「多少嫉妬の気持」を持つが、Bでは「少しばかりヤキモチも手伝って」と、さらに、Cでは「自分よりは若い肉体に対するヤキモチも手伝って」というふうに、より具体的にその気持ちを表現するようになっている。六十歳前後の女性の性の意識をより明確にしていく。

さらに、㉜では、およしに対する非難で、「親爺の子供だけあつて」とあったのが、「あのド助平な母親の子供だけあって」というふうに、その度合いを深める記述に変更されている。さらに、㉝では、「好きなだけ亭主にへばりついていやがれ……。兵隊は身体が丈夫じゃけん、お前ら毎晩ベタついていているんじゃろ、おお、汚たな……」というように、実にリアルに改訂されている。また、㊸の切り株での回想の場面でも「下っ腹の欲」「ふしだらな暮しの報い」等具体的な語彙を追加で使用している。しかし、何といっても㊻㊼の終末部分の改訂は大きなもので、注目に値する。

まず、㊻のAでは、「ダララア」というのが何をさすかは、必ずしも明確ではない。したがって、子供等が「ヤーい、気狂ひ婆ァ！」「馬鹿婆ヤーイ！」というのはごくあいまいな解釈しかできない。ところが、Bに改訂後で、「きゃッペァ」というように男根を表示すると、子供等の改定後の「色きちがいの助平婆ア」との叫びは納得がいく。以上、このような点は六十歳前後の女性の性の意識をみごとに明確化しているといえる。

ウ――作品の主題に関するもの。老婆がおよしとの同居を熱望するものの、それを断念せざるをえない過程を述べ、最後には前途にも希望を持てない心境に陥る、というのをこの作品の主題だと理解すると、⑰では、およしの結婚を「憲兵曹長と結婚させてやった」と老婆は自分の手柄だと強調し、⑲では、同居を言い出せないのをその機会がなかったことにしていたのを、「自分を迎え入れてくれるような、くつろいだ雰囲気が感じられない」というふうに、その機会の有無よりも内実の欠如を説明するように改訂された。

また、⑳では、「今日からでもおよしの家に住みついてしまおうと、おしまは意気込んで来た」という具合に、より明確になっている。㊴も、同居が不可能と知った彼女の人生観がより正確な説明に改訂されている。

さらに、㊽の改訂の意味は無視できない。Bの「遠く、晴れ渡った青空を背景に」以下の文章が加筆されない場合と、加筆される場合とでは作品の評価がかなり異なると考えられるからである。前者の場合、老婆はおよしと同居できないことを断念して、それは仕方がないことだと認識している。その結果として、犬や子供達と戯れることになった。子供達からの投石を防ぐ傘の中の老婆は、立ち上がる気力も、怒る気力もなく、じっと耐えている。それは、彼女が夢も希望も持てない心境に到達しているからである。

後者の場合はどうか。老婆のそういう心境も岩木山の姿がすっかりと包み込んでしまう。彼女の全ての所作、その他の人間界の全てをも包容するといってもよい。つまり、語り手が、そういう存在をここで提示している。作品全体が自然に包容されるのである。

㋓——作品全体に関するもの。以上三点の、特色ある補訂以外に、初出の未熟な部分に手を加えた箇所も当然存在する。例えば、③、⑩、⑭、⑯、㉔、㊲、㊳、㊷、㊽等々がそうである。

なお、㊽でBでは「杉林」となっていたのを、Cでは「松林」としている。彼女が神社の境内で杉の切株に腰を下ろす場面があるので、Bでは「杉」にしたのだが、実際は「松」だったので、そのように替えたのだろう。

さらに、②で作品の最初で時間を示す表現としていたのが、⑨に変えられたのはいよいよ、およしに会うというクライマックスに向かう直前に、それを示した方が適切だと判断したからだと推測する。

改訂の意味

「老婆」におけるAからBへの改訂の実態は、以上のように㋐おしまの造形に関するもの㋑性の表現の徹底㋒主題の明確化㋓全体の手直しというふうに分けられる。大正十四年発表の本作が、四十年の時を経て改作されるということは当然、その時の作者の思想あるいは文学観がそこに反映されてくる。石坂のその期間の作家としての精進の跡がうかがわれると考える。㋐と㋓についてはもちろん、特に性と死に対する㋑と㋒で提示されていた見解はその改訂と前後する『水で書かれた物語』（新潮社　昭和四十年四月）と内容的に通じ合うものである。とするならば、昭和四十年頃の石坂洋次郎の文学観がどのように作用しているのかを、次に見る必要がある。

かつて小著『石坂洋次郎の文学』（創林社　昭和五十六年十月）で次のように述べたことがある。

『青い山脈』以後、昭和三〇年代を全盛期として多彩な〈青春物〉を発表してきた石坂氏は、四〇年代になって、『だれの椅子?』を唯一の例外として作風の方向転換を図ったかのように、表面的にはみえた。四〇年代最初の長編『水で書かれた物語』は、近親相姦を素材にしたものだが、この他に『ある告白』『女そして男』等、短篇では「死の意味するもの」「女であることの実感」「キノコのように」「ものぐさな男の手記」「ああ、高原!」「血液型などこわくない!」等をあげうる。

この見方は基本的に今も変化ない。四十年代に至って石坂の作風が転換するということである。彼は『水で書かれた物語』「あとがき」で、同作の位置づけを述べている。六頁の引用文をもう一度ごらんいただきたいのだが、ここでいう「中間小説」とは、石坂が文壇という「垣の内」から「垣の外」へ出た際に完成させた第一作『美しい暦』(昭和十五年六月)以下の、多くの人を楽しませるような文学をいう。この作品以降、『青い山脈』(昭和二十二年十二月)を経て、幾多の青春物が発表されるが、石坂は、それらの青春物のマンネリの壁を破るために『水で書かれた物語』を書いたのではなく、もともと自分には暗い地盤があって、これはそれをもとに執筆されたという。自分にとっては、これは突然変異の結果の産物ではないというのだ。

これも繰り返しになるが、同様のことは昭和四十一年の菊池寛賞「受賞の言葉」において「見た目に美しいバラの花も暗いじめじめした地中に根を匍わせているように、私の作品の地盤もあんがい陰湿な所にありそうだ」と語っているところと符合する。

では、その暗い地盤というものは、何時頃の作品から現れるのかと言えば、これも小著でふれたように『美しい暦』に早くも表出している。現在も多数の日本人の意識にある「性は明るいところで語るものではない、出来れば隠すべきもの」という考え方がそれに結びつく。『美しい暦』は平凡で、且つ健康な若い男女の恋愛や結婚のあるべき姿や持論を小説化したもので、同時並行の作品『暁の合唱』（昭和十四〜十六年）にも表現されたテーマである。

高等女学校の若き美術教師の武井と化学担当の村尾が、ほぼ一年後に結婚を約束する一方、偶然出会った女学生矢島と高校生の田村との交際をも叙述するこの作品は、男女交際の意味を読者に示している。

田村は、若い女の人には人一倍心をひかれるが、大学二年生ぐらいまでは女には特別な関わり合いを持たない、と決めているという。一方、矢島は日に日に田村の顔を思い浮かべ、そのことを反省する。そんな自分にどこか弱いところがあって、そうなるのであれば、自分はもっと広々とした心で生活しなければと考えを新たにする。

しかし、ほぼ一年後、村尾と武井の婚約が樹立し、その二人を置いて皆が各自、散策する。もう一組の学生カップル・篠原と相川達とも別れて、背丈以上もある薄野を抜け出た二人が、互いに身体に着いた穂を払ってあげた後に初めてかわす言葉がある。

「静かだね。一人だったら恐いほどだ……」

「ええ……」

二人は顔を見合わせて微笑んだ。が、その微笑はすぐに消えて、固いひきつったような表情に変っていった。相手の顔よりも自分の顔にそれが強く意識された。

(ああ、お母さん!)貞子の浄らかな肉体がそう叫んだ。眼をつぶりかけた時、田村は両手を差し上げて頭の上に伸びている松の枝をつかみ、調子の狂った不安定な声で、

「貴女の先生達は、大人の権利を、美しく立派に行使した。そして、俺達はまだ子供にすぎない。——それが僕の主張したい感想の全部です。……さて、ハイカツ達の行方を探してやろうかな、そらっ、ひと上り!」

(引用者注・「ハイカツ達」とは篠原たちのカップルを指す)


このような発言である。

つまり、ここでは二人のキスが当然予想される場面である。「が、その微笑はすぐに消えて、固いひきつったような表情に変っていった」との表現はまぎれもないそれを期待させる。

しかし、以前に男女交際の原則を表明していた田村は「俺達はまだ子供にすぎない」と繰り返すだけで、貞子の期待には応えない。すでに大人を自覚し、自分の肩や胸が肉づいて、女らしく少しは美しくなったと自認し、眼の奥にこれまでなかった濡れた光を鏡の中に発見する彼女が、そういう自分を田村に認めて欲しいとの気持ちは完全に無視されてしまった。

作品はこの後、二十行ほどで完結するが、その間に「私は……子供なんかじゃない!」との言

い方が三度もリフレインされる。それは、キスができなかった彼女の期待外れの気持ちを示すと同時に、精神に先行して発達する肉体に戸惑う彼女自身の表明でもあるようである。

石坂は「『美しい暦』自著に題す」（昭和十五年九月）において次のように述べている。

私は「美しい暦」の中では平凡且つ健康な若い男女の生活を描いてみやうと思つた。従来若い男女を描いた小説と云へば、人物が思想的に環境的に異常性を帯びたものが多かつた。その行動にも反省にも何かしら地につかない無理が感ぜられた。言葉を換へて云へば小説的余りに小説的でありすぎた。私は「美しい暦」の中では、ちつとも小説的でない、有り触れた生活をしてゐる若い男女の群を小説に描かうとしたのである。

つまり、ここには「若い人」以後の石坂の、文壇という「垣」の外から内への挑戦の意志が濃厚に示されている。「小説的余りに小説的」な文壇文学を嫌い、「有り触れた生活」の「ちつとも小説的でない」本作を挑戦状として叩きつけている。

ほぼ同じ頃、石坂は、男は二十五、六、女は二十一、二歳以上で結婚するのが望ましく、それ以下の年齢の人たちは恋愛問題などあまり考えないほうがよい。なぜなら、社会や家庭や自己に対する認識が不十分であり、周囲の事情を無視して、盲目的な自己本位の行動をとりやすいからである（「結婚の形式」『私の鞄』昭和十五年十一月）と述べている。

全く『美しい暦』同様の考え方である。

しかし、『美しい暦』が全体として石坂が述べたような作品であったとしても、肉体の成長が精神よりも先行する青春において、いくら自己規制しようとしても、なお外へ外へと噴出する感情は抑圧しがたい。貞子が最後で「私は……子供なんかじゃない！」と複数回叫ぶ意味はもっと真剣に考察されるべきである。かつて、亀井勝一郎は本作を「青春の持つ暗さとか、狂信性が全然ない。全てが平穏で明るい。」（『石坂洋次郎文庫3』「解説」）と述べたが、この貞子の叫びの意味は無視されてよいわけではない。

この『美しい暦』で問題提起に終わったと推察される若者たちの性の問題は、戦後まもなくの『青い山脈』でも一部批評家からは同様の指摘をされていた。

実は、人間における性の問題は決して無視できないということを、石坂は中間小説を執筆する前の、最初期から把握していた。最初の「老婆」に続く「炉辺夜話」（昭和二年七月）「外交員」（昭和四年十一月）「浮浪者」（昭和六年十一月）等々は何れも若者の性を重視した作品である。おそらく、性の問題をその文学的出発時から抱えていた石坂は、その後の「若い人」や「麦死なず」、「金魚」等々によって、その文学的姿勢を変更し、戦後の『青い山脈』等の青春物の作家として再出発することになった。

話が飛躍しすぎた。「美しい暦」以後の作品を順序よく俎上に載せて、石坂が言う「暗い地盤」の実態を紹介しなければならない。

『青い山脈』に次ぐ長編「女の顔」（『主婦の友』昭和二十三年一月〜二十四年八月）を次にみる。

この作品を石坂は「地味な色調のもの」と述べるが（「あとがき」『石坂洋次郎作品集6』）、女医の坂本信子と二十四歳の塚田和子の二人に注がれた「恋愛と母性愛」の表現は、注目すべき内容になっている。作者はこの両名について「理性や良識を超えて、女性の心を強く悲しく揺すぶる、一見盲目的にも思われる愛情の力」（同書「あとがき」）を追求したかったという。

まず、坂本について述べる。彼女は、医院を開業するが勤務する看護婦と夫が家出した後、長男英夫を大事に育てる。しかし、戦争中、大学生の彼は出征先の南方の戦場で病死する。彼は、彼女が選んだ女学生の和子と婚約していた。

戦後も四年目、和子は英夫との思い出の写真を焼き、平凡な見合い結婚をするつもりで、英夫の墓参りに出かける。しかし、そこで、彼とそっくりの男と出会う。異母弟の浅利安雄である。こうして、彼をめぐる和子と信子、看護婦の三上秋子、信用組合勤務の黒川信造らを中心に作品は展開する。

初対面で安雄を「志操堅固でなさそう」と見破った信子はしかしながら、都会で生活をさせるには心配だと医院に宿泊させることにし、彼が博打で多額の金を損した時には賠償し、定職に就かせるには心労をいとわず、そこでも穴埋めをする等々、彼のためには損得を考えずに、愛情を注ぐ。その激しさは、英夫への愛の注ぎ方とは異質の、「イライラした嫉みぶかい独占的な感情」ともいうべきものであった。

もちろん、そのような行為の裏には、彼女に資本力があること、それまで英夫との死別がもたらしたゆえの孤独な生活の存在が挙げられる。安雄はそのような信子の人間振りに対して、なぜ自分に対しては厳しい、しっかりした面をぶっつけて来ないのかといぶかり、和子の場合とは違った「女の顔」があるのではないかと思う（「女の顔」四十）。

確かに、彼が見抜いているように信子の接し方は群を抜いて異常としか思われない。あるいは、これこそ作者が言う「盲目的にも思われる」母性愛かもしれない。

では、和子の恋愛についてはどうか。死ぬ前の英夫と彼女が交わす言葉がある。

……英夫の出征が近づいた頃、二人で、この小みちを歩いて墓参りをしたことがあつた。その時、話し合つたことの一つが、ふいに生々しく和子の胸に蘇つて来た。

「……英夫さん、この頃よく、男の人に赤紙がくると、もう生きてかへれないかも知れないといふので、それまで清くつき合つてきた恋人に、急に深い関係を要求するといふ話を聞くんだけど、あなたどう思つて？」

「僕には興味がないな。自分の運命に恋人まで捲添へにしたがつてるやうで、情ない気がするよ……」

「でも、女の方からさういふ気持になることがないものかしら、愛する男の記憶を、できるだけ深く自分の身体に刻みつけておきたいといふので……」

「それあるかもしれない。しかし理性のある男だつたら、そんなばかなことはしないと思ふね……」

和子は、英夫の立派さに、胸が溢れるやうな思ひだつた。しかし、その後も、どうかしたはずみに、その会話だけをしばく〵思ひ出すところを見ると、和子は心の底のどこかで、英夫がもつとガムシャラな情熱で、自分を愛してくれないのを不満に思つてゐたのではなかつたらうか。（「女の顔」三）

この会話において、英夫の考えは「美しい暦」の田村にも通じるものであることに気づく。しかし、それに対する和子のそれは、田村に対する貞子にも通じるようなものであろう。貞子が「私は子供なんかじゃないー」と叫ぶものと同質であろう。

そういう考え方を備えているからこそ、和子は安雄と運命的な出会いをした後、「中にひそんでゐる『女』」にはじめて火を点」（「女の顔」三十九）すことになる。彼女は次のように述べる。

和子は幸福だと思つた。そして、男女の交際は、肉体の抱擁があつて、いつそう完全なものになるのだとも思つた。それに伴ふいろ〵な不安やら計画やらは、愛情の営みをいかにして社会秩序に合せていくかといふところから生じてゐるのであつて、愛情そのものには不安も計画もない。それは燃えてる炎のやうなものなのだとも――（「女の顔」五十）

この発言には、従来の石坂文学にはなかった、恋愛と肉体との結合がある。したがって、ある意味では、和子が性に目覚めていく過程を描いたのがこの作品だと言える。「女の顔」という作品は社会の常識や倫理を越えた領域に初めて足を踏み込む女性の姿をとらえた作品なのである。

ただ、続く「それに伴ふいろ〳〵な不安やら計画やらは、愛情の営みをいかにして社会秩序に合せていくかといふところから生じてゐる」との発言には、それでも節度は存在すると釘を刺すことを忘れない。

そういう「女の顔」を表現する女性たちに対して安雄はどうか。彼は当初、「女とは、往々にして、一個の熟した果物にすぎない」存在で、それを食するかどうかは男の自由であるとの考えを持っていた。また、「結婚なんて考へていません。そんなことなしに男と女が楽しんだつてかまわない」とも思っている。

この安雄のような人物は従来の石坂文学では登場してこなかった。あるいは、第二次大戦後のアプレという特殊な世相を反映する人物と見ることも可能である。

しかし、彼も結局は持参するピストルで自死することとなり、その思想は実ることはない。

この作品は、最後に信子が時々訪問する黒川の姿を見て「妄想」する。和子がいつか黒川の広い胸に寄り掛かろうとする気持ちにならないかどうか、と。和子、安雄の子供、黒川、自分、と血縁のない同志で一つの家庭を築くというのはありえないことだろうか、肩の凝らない良い家庭になると思うが、と。

この考え方は、実は石坂が昭和四十年代以降に思い描く文学の原型に類似するものとして注目したい。

「女の顔」と同月に発表が開始された「石中先生行状記」において石中先生が次のように述べるのとほぼ同一線上にあると考えられる。

こんな雰囲気の中で、一年に一ぺんぐらい、夫であるとか妻であるとか、妻子であるとか娘であるとか、そうした窮屈な世間の秩序から解放されて、男も女も本能のままに振舞う一夜が認められたとしても、それは人間生活のレクリエーションになりはするが、決して不道徳というようなものではあるまい。

（「ケチンボの罪」昭和二十八年七月）

おわりに

このような性をめぐる自由な考えが、『母の自画像』（昭和二十六年四月〜二十八年十二月）以下、「不幸な女の巻」（昭和二十八年）、『白い橋』（昭和三十〜三十一年）、「K町の思い出」（昭和三十五年）、「ハシカのようなもの」（昭和三十六年）、「バーの女」（昭和三十七年）等々を経て次第に固定化して、『水で書かれた物語』のような四十年代の作品になると考えられる。つまり、『母の自画像』は、結論だけ述べれば『水で書かれた物語』の性の認識と同様のもの——原始の無知な自由な世界——を既に示し、以下の短編がそれを継ぐ。性だけでなく、死に対しても認識は同様に変化する。前述のように「老婆」改訂の特に㋑㋒の特徴はそれらの作品とほぼ同内容のものと考えられる。

当然、それを証明するためにも「女の顔」に続くこれらの各作品を取りあげて論じる必要がある。次章以下で説明したい。

［付記］「老婆」の本文に、現代からみて差別的表現が含まれるが、これを歴史的資料として判断したので、そのまま引用した。

3 『山のかなたに』がめざしたもの

『山のかなたに』は、昭和二十四年六月十五日から十二月九日まで全百七十七回にわたって『読売新聞』に掲載され、翌年一月に実業之日本社より刊行された。前作『青い山脈』に次ぐ新聞小説二作目である。これは『朝日新聞』に発表されたが、こんどは『読売新聞』であり、両紙に掲載した作品の成功によって、以後石坂は新聞小説の名手の名をほしいままにすることになる。

その内容も両作は密接な関係にある。『青い山脈』について「これから日本国民が築き上げていかねばならない民主的な生活の在り方を描いてみよう」というのが主題で、『山のかなたに』は「暴力の否定という事を主題にして、若い人々の未熟だが元気に溢れた生活を描こう」とした と石坂が言うように（「あとがき」『石坂洋次郎作品集』1　昭和二十六年九月　新潮社刊）、かたや旧制女学校、こなた旧制中学校を舞台にした「姉妹篇」というべきものである。どちらも石坂が教師として勤務した経験が十分に生かされている。さらに、両作の冒頭部分を比較してみよう。

『青い山脈』――六月の、ある、晴れた日曜日の午後であつた。

『山のかなたに』――六月上旬のある土曜日、上島《かみしま》健太郎は日直番に当っていた。

ほとんど同じようなものであることに気づくはずである。これも「姉妹篇」の所以である。

本文異同

『山のかなたに』は「交換会」「留守宅」「相互扶助」「空白時代」以下「落穂拾い」に至る全十六章から成り立つ。内容も終戦二年目の六月からその年の秋までのことである。しかし、最初の三章でこの作品の素材は全て出揃っていると考えられる。この作品で頻出する人物は、上島、志村、タケ子、美佐子、大助の五名で、そのいずれもが三章までに登場している。この点からも三章までが重要視されよう。

すなわち、ここでは、生徒たちが自主的に運営する物々交換会に居合わせた教師上島健太郎と客の井上美佐子、美佐子の父の軍隊で部下だった志村高一、美佐子の弟で旧制中学校二年の大助、美佐子の洋裁塾弟子の林タケ子、これらの人物によって、いくつかの物語が展開する。

その結果、上島と美佐子の関係はお互いにとって悪意を抱くような存在でなく、今後の良い予想が期待できる。しかし、五年生のマサ公とケンチャンが四年の五名にリンチを加えていることを誰も制止できないし、上島も一言も批判しない。それを美佐子は案山子と称して非難する。また、美佐子は大家から居住する家の立ち退きを要求されている。タケ子は美佐子宅を訪問する志村にそこで初めて会うが、悪い印象は抱かない。志村は井上家の皆に歓待される。

三章までは、このような展開を見せるが、その結果、いくつかの問題が提出される。第一は、美佐子の家の問題はどうなるのかという事。第二は、志村と美佐子、あるいは志村とタケ子の関係はどうなるのかという事。第三は、予科練崩れのマサ公やケンチャンら生徒のリンチ問題は以後どのような展開を見せるのかという事。第四は、上島と美佐子の関係はどうなるのかという事。第五に、大助がどんな役割を果たし、志村へどのように援助するのかという事。

実は、第四章以下で、これらの課題を丁寧に述べていくのがこの作品の真骨頂なのである。これに漏れる素材と言えば、山崎先生のその後と予科練崩れの生徒らのことぐらいであろうか（その結末は第十六章「落穂拾い」に詳しいが）。

こういう丁寧な進行に対して『青い山脈』はどうか。これは全十章からなるが、第一章「日曜日」第二章「試されるもの」第三章「根をはるもの」の三章で、まず女学生の寺沢新子が町の丸十商店で店番をしていた六助と出会う。彼は高校生だが、新子に飯を炊いてもらい、そのお礼に売り物の裁ちばさみを進呈する。続く二章では新子が受け取った偽ラブレターのことで職員室を訪ねて担任の島崎雪子に相談する。善処を約束した雪子はその事を居合わせた校医の沼田に話をする。彼は三十二、三歳だが、その保守的思考の持ち主に雪子は頬に平手打ちをくらわす。三章は、雪子が授業中、ラブレターを取りあげて書いた人物を特定する。

これらの結果、作品は次のような展開になるだろうと読者に期待させる。六助と新子の関係はどのように進展するのかしないのか。ラブレターの扱いは学校内でどのように扱われるのか。雪子と沼田の交際は進展するのか、しないのか。

実際は、第六章「理事会開く」の最も盛り上がりを見せる章へと展開する。その意味では一応、考えられた展開といえる。しかし、『山のかなたに』のような最初の三章によって以後の展開をほぼ暗示するというような鮮やかなものとは一線を画す。『青い山脈』では富永安吉と笹井和子との交際はまだ伺い知れないし、井口甚三や芸妓の駒子も登場しない。

したがって、話の展開の進め方は『青い山脈』より『山のかなたに』の方が優れていると判断できる。

ところで、両作を比較すると、二点の大きな差違を指摘できる。第一は、『青い山脈』と比較してこの作品は、語り手あるいは作者が作中に顔を出す文章が多いという特色を持つ。その代表例が「落穂拾い」の冒頭であろう。多少長いが、引用する。


若い男女の生活を描いた物語は、洋の東西を問わず、一対乃至は二対の男女が、さま〲な波瀾があつた後、愛情によつて目出度く結ばれるという所で終章になつている。

何故なら、楽しく美しく夫婦として結ばれた男女が、家庭生活に入つて、嫁と姑が不和だつたり、貧乏に苦しめられたり、夫婦喧嘩をおつぱじめたり、夫が酒食に溺れだしたり、妻がお産で死んだりする、厄介な煩わしい生活を描写することは、作者も之を欲せず、読者もまた、読むことをあまり喜ばないものであるからだ。

読者の立場から云えば、厄介な事や煩わしい事は、自分達の日常の生活でイヤというほど経験させられているのであるから、物語の中でまで、そういう重苦しい生活にはお目にかかりたくないのである。醜婦は美女の物語は読みたがるが、醜婦の物語は読みたがらないものだ。

作者の立場から云えば、貧乏や死や不和や姦通や失恋等に満たされた生活を描いても、物語をつくる事は出来るのであるが、しかしそういう物語は、冒頭の第一行目から全く違つた筆触で描かるべきであり、われらの物語とは範疇を異にするものである。

――さて、右の趣旨から判断して、われらの物語は終末に近づきつつあるものと考えられるのであるが、ここで、気がかりな二三の人物の、その後の消息を探つてみることにしよう。

（第一六六回「落穂拾い（一）」引用は旧字体を新字体にした。以下同様）

この部分は、小説とは何か、自分はどんな小説を目指すのかを語り手（石坂）なりに語った興味深いものだが、それはさておいて、このように作者ないし語り手が作中に顔を出すのが本作の特色であることを指摘して置く（石坂は、作者と語り手とを同一視しているので、ここではそのように理解する）。

戦前の『何処へ』はそれ以前の同様な作品として注目したいが、それは戯作という作品形態と結びついていた。そのことは小著『石坂洋次郎の文学』で述べたので繰り返さないが、そこには当時の文壇という状況に対する石坂の挑戦があった。

しかし、今の場合、それとは事情が異なる。この作品は戯作とは異なるからである。石坂がどうしてこのような形態をとったのか。『青い山脈』の場合は、語り手が深々と作品を進行していたが、その存在が気づかされるのは次のようなものも含めて十カ所にも満たない。

この時、思いがけなく、芸者の桃太郎が起立した。これには男も女もいつせいに好奇の目を光らせた。三味線を持たない芸者は、一体何を語るものか……？（「理事会開く」）

これはラブレター事件の為に開催された臨時理事会の場面の一節だが、「一体何を語るものか」の声は明らかに語り手のものであろう。

しかし、『山のかなたに』の場合はどうなのか。あるいは、素材が自身の濃厚な体験から来るもので、相当な自信があり、その事がフィクションの域を越えて生の声を出す事になったとしか考えられない。全編二十カ所以上を指摘できる。その文章とは例えば次のような例である。

① だが、こんな風に滑かで利口なのが、戦後派の青少年の型だとすると、その半面、生活のシンになる、固いひとすじなものが、失われていつてるのではないだろうか？

いや、固い一とすじなものつて、一体なんだ？　それこそ自分達が通つて来た古い生き方に、無反省に執着しようとする妄念にすぎないのかも知れない……（第一章「交換会」）。

② こうして、話は最初の主題にかえつた訳だが、その経過を観察すると、世の細君達が、夫に羽織や着物をねだり、はじめはいけないといわれたのが、いつの間にかいゝことに変つていくのに似ていた。ああ、愚かなる動物、男性よ！（第八章「月光の曲」）

③ ところで、中学校の試験につき物のカンニングについて、若干の社会学的考察を試みたいと思うのであるが、この小説の作者は、むかし、十三年間ばかり、地方の中学校や女学校の

教師を務めていた。その間の経験についていえば、概して女学生というものはカンニングをしない。稀にあつても、隣近所の答案に横目をつかうくらいがせいぜいである（第九章「試験点描」）。

④　二つの唇は、のろ〳〵と大儀そうに近づいて、それから強く触れ合つた……。ああ、誰にも教わらずに接吻できる生きものたちの哀しさよ。陽はかげり、また陽がさした（第十四章「赤と黒」）。

①は生徒の佐分利の言い分を健太郎が褒めた後で、自分の感想を付け加えたものだ。しかし、この記述では語り手の感想と誤解されかねない。すなわち、普通はこの前に「健太郎は次のように考えた」とか、後に「と、健太郎は考えた」というように記すのだが、それがない。しかし、それがない以上語り手の感想だと読者は理解する。

②は、幼馴染の大助と同級生のタマ子が話をしていて、最後に大助に英語を習う事を承諾させるということを受けた文章である。語り手の余裕を感じる記述である。

③は、語り手が定期試験の意義をさらに説いている。まさに石坂の経験が披露されたもので、このあと一頁ほど自論が続く。語り手を越えて作者の真骨頂発揮というところだろう。

④は、志村とタケ子の初めてのキスを述べた箇所だが、「ああ、誰にも」云々以下は正に語り手の言葉として理解されよう。

このように、『青い山脈』の場合と異なって、語り手（作者とも）が作中に顔を見せるのを特色とする本作だが、この作品が新聞初出から単行本にする際にそのような文章を含めて、殆ど添削をしていないことは、作者が最初からこれにかなり入れ込んで、丁寧に執筆に臨んだことを示す。具体的に、その際の添削は若干の句読点や仮名遣い等の些細なものと、次の四カ所しか見当たらない。しかし、そのうち三カ所は作者が顔を出す部分の削除であり、残る一カ所は別の理由によるものである。前者は、第二十七回と第四十六回と第八十九回であり、後者は、第百二十回である。次の新聞初出の部分は単行本では削除されている。

女神であり天使であり、同時に膨れた紙袋でもある若い女性の読者諸君！　そう考えて、大助の毒舌を寛大に許してやつていただきたいのである。お喋りな——失礼！　脣の運動が至つて滑らかでありしたがつて宣伝力に富んでいる若い女性読者に、この小説が不評であることは、作者の意気を沮喪させることにもなるのである。（二十七回「相互扶助（三）」）

（学校に関係の無い読者諸君は、こういう教師と生徒の在り方を、不快な誇張だと思うであろう。しかし、ストライキ騒ぎで興奮してゐる民主派の一大学生が、文化人として名の知れているその学校の一教授を「君ハ国賊デアル！」と、軍国調で面罵したというニュースが、最近の新聞に報道されていた事を思い出していただきたい）（四十六回「空白時代（十二）」）

——さて、順序として、月夜の郊外を散歩しながら、四人の若い男女がどんな事を語り合つたかを書くべきだが、メレジスの小説の主人公のように、若い娘達にとり囲まれていると寒気を催す年齢に近づきかけた作者は、そういう場面を書くのが臆劫《（ママ）》でたまらない。作者の怠慢と非力を責めて、読者よろしく想像して下さい（八十九回「月光の曲」）

　これらの削除はいずれも作者が顔を出し過ぎると、判断した結果だと判断するが、次の場合は、そうではない。これは「美佐子の手記」の最初の回で、Ｋの家に着いて翌朝、美佐子が早起きして散歩後に部屋を覗くと、タケちゃんがまだ眠っている。「タケちゃん一人が、青蚊帳の中で、スウ〳〵安らかな寝息を洩らして眠つている。」に続いて、新聞では次のようになっていた。

　性分のいい人だ。庭を掃いてる多吉さんに、枕元の方へ、フウ〳〵、ラッパを吹いてもらわなければ、まだまだ眠つていた事だろう。
「ラッパの音で目が覚めるなんて、私、兵隊さんになつたような気がするわ」と、タケちゃんが眼をこすりながら呟いたので、みんな笑つた。

　それが単行本では次のように訂正された。

　あたりが明るくなつてるのに、白い手足を夜具からはみ出させ、大分ゆつくりした寝相をしているので、女同士ちよつと気になつたりした。そのうちモゾ〳〵と目を覚ますと、

「ああ、よく眠つたわ。いい気持。こんなにお腹が空いてなかつたら、私、まだ〳〵眠つてたのかも知れないわ」と云う。

目が覚めるともうお腹が空くなんて、結構な身分である。

この異同は、前者が彼女を起す手段にラッパを使用している。それが、タケちゃんの一言になり、それが皆の笑いを誘うことにもなる。しかし、このラッパは多吉が軍隊で使用した由緒あるもので、それをこんな笑いの材料に使用するのはやはりまずいと判断した結果だろう。

以上検討したように、この作品の添削は極めて少なく、それだけこれにこめる作者の思いが感じられる。

ところで、『青い山脈』との大きな差違の二点目は、第十二章「美佐子の手記」の存在である。これについては後述する。

内容の展開

先に述べたように、最初の三章で少なくとも五点の課題を提示しており、それを作者は以後注意深く且つ大胆に展開する。

まず、美佐子の住む家が立ち退きを迫られた問題は、別の情報が彼女側に入って立ち退く理由が虚偽だったことが判明する。それを知って、志村を指揮官に祭り上げたタケ子ら美佐子の教え子たちが大家と交渉して立ち退きを撤回させる。第七章「クーニャン部隊」がそれだが、この章ではタケ子と志村との接近を描くことにもなる。

次に、志村と美佐子との仲について。そもそもは美佐子の父の要望で美佐子との結婚を志村が本人を前にして伝達することから開始する。しかし、この話は双方にその意思が皆無なので、その場で霧散してしまう。むしろ、彼にとっては無邪気で、明るい性格のタケ子の存在が気になり、男女交際が不得手なので助力を大助に依頼する。作品はそれまでもお互いの気持ちに触れてはいたが、その決定的な場面が第十四章「赤と白」である。

手旗信号を用いたやり方はユーモアたっぷりの記述になっているが、最後に、大助からの指令が「攻撃」にもかかわらず、「ここで大助の指揮から離れる決意を固めた。そして、愛する女性に対するこれ以上の攻撃は、野外でなく寝室で行うべきであるという、世間の常識に従うことにしたのである」という結論を得たことは、後述のように、後の健太郎と美佐子の場合と比較すると非常に興味深いことである。

次に、予科練崩れの学生たちに関しては、学校内の改革派に属する川井や杉本、正岡ら教員との絡みで遅々たる歩みの中、夏休み明けに進展する。それは、その生徒達を中心に血桜団という組織が結成されたことを契機に、健太郎の知恵の伝授を受けて、二年全員の作戦会議が開催され、そのもとに彼らを撃沈する行動が起こされて学校に平和が戻る。これを扱った第十三章「蟻と猛獣」は「暴力の否定という事が主題」というように、通常の二倍近くの紙幅を費やして丁寧に描かれる。

もちろん、そこには志村の指揮官としての助力もあったが、その彼が戦いの最中に足首を捻挫し、それが縁で、タケ子との関係が急接近する。その際、重要な役割を果たすのが大助である。彼は、初対面時の約束を果たすべく、志村とタケ子のデートの参謀役を果たす。前述したが、第十四章「赤と白」はそれらがユーモアたっぷりに描かれた章である。

次に、健太郎と美佐子との交際はどのように展開したのだろうか。彼女は最初、彼を生徒だと誤解するなど、両者は意外な出会いをする。しかし、二人はお互いに悪意を持つわけでなく、少しずつ交際を重ねてその距離を縮める。

その契機はやはり作品の所々で活躍する大助の存在だ。彼が姉への山崎先生のラブレターのことで健太郎にも迷惑をかけたことを姉に話す。自宅でそのお礼を美佐子に言われた健太郎は、その姿に美しさを感じて、そのことを口にする。しばらくして定期試験の監督をしていた時、健太郎は彼女が「青ざめて不思議に美しかつた事」を思い出したりする（第九章「試験点描」）。

夏休みになり、美佐子姉弟、健太郎、タケ子、志村らがそれぞれの家に出かけて自由を楽しむようになると、二人の距離はさらに接近する。

その決定的記述は第十二章「美佐子の手記」である。『青い山脈』でも第九章「リンゴの歌」で、新子や雪子、笹井、沼田、六助、富永等々の書簡の交換を示しており、それなりの展開に効果的ではあるが、この作品には及ばないと考える。何故なら、書簡の配置等に語り手の意図を明白に察知できるからである。

つまり、この章が全編手記というのはここしかなく、それだけに語り手の意図を排除してここは美佐子の内面だけを記したもので、それは彼女以外の誰も知ることができない、彼女だけが抱く真理が述べられている。これまで作中に時々姿を見せていた語り手も及ばないものである。それだけにこの章で語られることは真実味を帯びる。

以下、「美佐子の手記」をめぐって述べる。

美佐子姉弟と志村が健太郎（作中ではK）の家を尋ねる。その夕食の席で、健太郎の父が「貴方がたは男女交際をさかんにやつとるようじやが、頭の古い儂などは、やはりそれを疑問に思つとるな。どうもそういうやり方じや、人間は鍛えがかからんと思うのじやがな。儂は男だから、男の事しか分らんが、男は男同士、切磋琢磨した方が、気合のかかつた人間が出来るように思うんだが」と述べると、美佐子はそれを受けて、

「しかし、男も女も、ある年齢になると結婚して、お互いに同姓の交際からは得られないものを吸収し合つて、それ〴〵の人格を充実させていくように、私は、結婚前の男女にもそれが必要なのだと思いますけど……。男ばかりの交際では粗暴に流れやすく、女ばかりの交際では感傷に溺れやすくなると思います」

と答える、それに対して父は、理想論だ、あなたの言う考えもマイナスの方が多いと反論する。美佐子はそれに対して、

「過渡期ですから、男女の問題だけでなく、すべての面で多少の行きすぎや間違いが生ずる

のは仕方がないことだと思いますわ。例えば、小作人が自作農になつた。そういう制度の基本的な精神を、農民が自分達の日常生活の中にまで浸みこませるには、相当な年月を要すると思いますけど……」

と述べる。これに対して健太郎が「だから、こんな時代には、みんな慎みぶかく、賢くふるまうことが大切だと思うな……」と補助意見を差し込む。

これらの会話に示されたように美佐子と健太郎の意見は、つい最近の戦前では、結婚はお見合いが主流で、男女交際によるものが傍流だったことを示すが、新しい時代にふさわしい尤もな意見だと示される。

ただ、同様な考え方は第十四章「赤と白」においても繰り返される。つまり、ここで、タケ子の両親が結婚について心配する場面がある。両親は志村との交際が結婚に発展するのを心配しており、結婚は恋愛から入るのが正しいとの最近の一般的認識を娘に確認したいのである。タケ子は答える。

「当事者がなんの意思発動もなさず、第三者が媒酌する。それだつたら、男も女も家畜みたいじやないの。人間は人間らしい生活を築くように努力しなけあいけないんだわ……」

「恋愛結婚が幸福だというんじゃないのよ。その方が正しいし、合理的だというだけなの。それが不幸に終ることだつて、ずいぶんあると思うわ。殊に、日本人は、やつと古い生活のワクから解放されたばかりだし、男女関係の問題では、幼稚園の子供みたいに未熟なんだから、それが一人前のつもりでふるまうと、当分は怪我ややけどばかり多いと思うけど、過度期だから仕方がないでしょう。」

これがタケ子の言葉である。おそらく、『青い山脈』同様に、この作品でも、石坂は理想の結婚のあり方を読者に示している、

さて、村到着の翌朝三時に起床した六名は登山に出発する。頂できれいな朝焼けを見た皆はしかし、すぐさま天候の急変に出会う。白い霧が渦巻きとなって動きまわり、大粒の雨と化して風と共に吹き荒れる。雷が鳴り響く。

皆は志村とタケ子、大助と健太郎の妹、健太郎と美佐子の二人一組となって急遽下山を試みる。じゃぶじゃぶ漕ぎながら川を飛びこえ、岩に縋りながら谷間を下る。もちろん、靴の中は水浸しである。

美佐子はその最中、孤独に襲われ、恐怖を味わい、絶望に陥れられる。ふと、立ち止まった彼女は健太郎の髪が額にベットリくっついているのを発見する。

「髪が……」

そう呟いて、私は手を差し伸べて、Kの額に粘りついた髪を掻き上げるようにしてやつた。

次の瞬間、Kと私は烈しく抱き合つていた。物狂おしい接吻。だが、唇は雨の匂いがした。

お魚のそれのように、冷い、燃えるもののない接吻！　私の魂はしびれ、私の存在は、雨や霧や岩や流れる水と一つに溶けこんでいく、かすかな満足がそこにあつたように思う……。

雨は、Ｋと私の顔の隙間にも流れこんで来た。私は何べんも、ホロ苦い雨の味をあじわつた。うすく目をあけると、小さな水玉が見えた。私の睫毛に宿つてる露であろう。その先に、黒いつややかな二つの穴が穿たれ、雨に洗われたＫのはだかの生命が、そこから私をじいつと見つめていた。

私は息苦しくなつて、身体を引き離した。Ｋはやはり溺れた髪を額に垂れ、雨にうたれてじつと立つていた。私は一つだけ長く息を吸い入れると、また狂つたようにＫに抱きついていつた。いや、Ｋが私を抱きしめたのかも知れない。

ホロ甘い雨の味がする接吻。川の中の二匹の魚の接吻。

冷たい、燃えるもののない愛欲。

必然性だけに裏付けられた肉体の接触。

雷が遠くで鳴つていた……。

しばらくして、Ｋから離れた私は、無意識にこう呟いたのを記憶している。

「ああ、これで……よかつたんだわ……」

私は、すぐにドブ〱水がたまる靴を踏んで、谷間を下つていつた……。

これまで、互いに好意を抱きつつもそこに留まっていた二人がようやく結ばれるシーンがこれである。しかし、続いて記されているように、愛情によって結ばれたのではなく「一つの接触の感覚」であり、全ての物の初めが創成された時の感覚だと彼女は思う。したがって、Kの家を辞する時に置手紙に「山の出来事は、私が女であり、貴方が男である事と同じにほんとに在った事です。でも、その事を下界の常識や倫理と結びつけて考えませんように」と記すことになる。

「美佐子の手記」の意味

この作品でキスが描かれるのは、第十四章「赤と白」における志村とタケ子の場合に加えて、この美佐子たちの場合しかない。以後、美佐子は山の「オリジナル・シン（原罪）」と考えたそれを日常生活では忘れようと思うものの、逆に事あるごとに思い出す始末であった。とりとめもないのに彼の下宿を尋ねる。二人の間に交わされる志村とタケ子のことも何かぎこちない雰囲気を醸し出す始末である。

朝、台所に立つている時、昼、弟子達とミシンを踏んでる時、夜、炉端で家族三人が団欒している時、何時ということなく、山上の雷雨の中で抱擁した感覚が、ふつと蘇えつて来て、若い身体の脈拍を乱し、血を沸き立たせ、頬を自ずと赤らめさせるのであつた。そういう自分を、感覚に負けやすい、卑しい女だと思おうとしたが、その努力も無駄だつた。

（第十五章「秋の夜長」）

彼女は、山の出来事を碁の捨て石のようなものだと考えようとしたが、「彼女の肉体の心理は、そういう考え方をも、白々しく弾ねかえしてしまつた。そして健太郎の存在を、感覚の上で、もつと身近く親しいものに感じるのであつた。」（第十五章「秋の夜長」）とあるとおりである。

彼女は、健太郎が自分に対してどんな考えなのか気になる。もし、置手紙の内容をそのまま受け入れて落ち着いた心境にあるのだとすれば、鈍い人だ。それとも、自分の方がうわべは利口そうにして野生を抱えた女なのか、と考える。しかし、そんな事を考えながらも口にすることが出来ない。

大助と離れた二人が夜道を歩き、途中、志村とタケ子に会って婚約したことを聞き、別れを言ったあとのことである。

「さよなら。お休みなさい……」

美佐子の白い手が、その意思もなく、泳ぐようにくらがりの中でひらめいた。健太郎の手が、それを捕えた。二人はしずかに烈しく抱き合つた……。

気も遠くなるような長い接吻を交したあとで、美佐子は、両手で健太郎の肩にすがりながら囁いた。

「私……これでいいんだわ。私、やつぱり、こだわらないで下さいと申し上げますわ。私……まだ納得がいくほどは貴方を分つてないような気がするんですもの。……私はふしだらな女でしょうか……」

これに対して健太郎が次のように答える。

「貴女のよろしいように……。美佐子さん、自己分析はおやめなさい。……僕はある程度の教養を身体に溶かしこんでる人の場合、その人の感覚的な欲求を、理性と同じように重要視していいと思うんです。蜂が、自分の生命を養うのに必要な蜜を蓄えてる花を、嗅覚で間違えずに探し当てるように……」

（以上　第十五章「秋の夜長」）

帰宅後の彼女は床に就くものの、唇に残った印象はどうしても拭い去ることはできず、「胸の動悸がひとりでに昂ぶつて来て、そこ痛いようになり、思わずうめき声を洩らしそうになつたりした」のである。

このような両名のやり取りをみると、最初の置手紙にあくまでこだわる美佐子に対して、健太郎の方が遥かに大人の考え方を示すようである。作者が彼女の「性の目覚め」を詳細に述べようとこだわった結果だとみるべきであろう。それも「美佐子の手記」を設定したことが出発にあり、それを端緒として作品が発展していくといえる。

作品は、最終章で、山崎のお蔭で志村の詐欺まがいの事件が解決し、美佐子の洋裁学校開設のメドがつく。健太郎と美佐子の二人は散歩し、川渕の土手の上に座って話をする。美佐子は、あの思い出のキスの夜に大助に聞いた話をする。それは大助が二人を置いて帰ったのは、二人の身体のまわりから後光がピカピカとさしたので、びっくりしたからだという。ことさらこの逸話を健太郎に伝えるところに美佐子の彼への進歩した好意が感じられる。

そんな話をして作品は終わる。この結末から言えば二人は結婚まで進むだろうと読者に想像させる。それほど二人の仲は進展しているからである。しかし、その契機は繰り返すが、天候が荒れに荒れた山頂でのキスであり、激しい抱擁である。


この作品は確かに血桜団という組織の崩壊、つまり「暴力の否定」を主力に描かれたものかも知れない。その意味では、第十三章「蟻と猛獣」は、その紙幅の費やし方も並みでなく、それまで無力に思われがちだった山崎先生がケンチャンと一騎打ちをして勝利する。しかも、それが理由で教員を辞した彼が最終章ではケンチャン以下の退学者を使用人に雇って立派な事業主となっている。さらに、美佐子の洋裁学校の夢まで叶えさせようという。

このような展開をみれば中心は「暴力の否定」を描くことにあったとも言えそうである。ただこの「解決」の仕方が「蟻と猛獣」のイソップ・フェイブルを出なかったということから飽き足りない思いを感じさせられるとの意見もある（平松幹夫「解説」新潮文庫『山のかなたに』昭和29年）。

また、復員したばかりの志村が美佐子や健太郎たちと軍や軍人の在り方について議論を交わす場面が多々あり、この作品が「敗戦文学」だとの見方も否定できない（小松伸六「解説」『石坂洋次郎文庫5』）。また、新しい時代にふさわしい教育や結婚についてもそれなりの見解が作中に多面的に示されている。さらに、志村や大助の存在も大きく、二人を『青い山脈』の和子と富永に置き換える見解（山本健吉「解説」『昭和文学全集56』昭和30年角川書店）にも納得がいく。

しかし、同時に、作品の中心人物は井上美佐子であり、上島健太郎である。先にも述べたようにこの作品全十六章中で多く登場するのは、健太郎であり、志村であり、美佐子であり、大助、タケ子である。それは、健太郎と美佐子、志村とタケ子の二組のカップルの誕生と一致する。しかも、後者が大助の助力に負う点が大であったのに対して、前者は「美佐子の手記」を設けるなど大人の真剣な恋を描くことに力点が置かれている。

こうしてみると、両名の恋を描くことがかなりの重さを占めていると言えるし、主体はやはり美佐子と健太郎の愛を描くことにあったと言わざるを得ない。

それは、前作『青い山脈』との対比からもいうことができる。新聞小説第一作である同作がその評判の割に不満が一部から述べられていた。それは、青年男女の交際が「清遊」過ぎるとか、性論議が物足りないとかの指摘であった。しかし、新聞社から明るい面白い小説を依頼された石坂は、性の問題をなるべく避けて作品を完成させた。

そして、「青い山脈」の翌年に婦人雑誌に発表された「女の顔」において多少ともそれらの不満に応えようとした。すなわち、二人の女、坂本信子と塚田和子のうち、二十四歳の後者に「男女の交際は、肉体の抱擁があつて、いつそう完全なものになる」と言わせたように彼女の行動を明確に描いている。

「女の顔」の翌年に発表された本作「山のかなたに」は、前作の和子を引き継ぐ役を美佐子にあてたといえる。しかも、これは新聞連載物である。公の武器と言われた新聞であえて性の問題を取り上げた。その点に石坂の狙いがあった。『青い山脈』で指摘されたことを石坂なりに解決しようとしたのではないか。

もちろん、ここでは性交は避けられている。しかし、雨がどしゃぶりで衣服が身体に張り付いている状況では、「必然性に裏づけられた肉体の接触」と述べられたように二人は互いに相手の肉体を物理的に十二分に意識できたはずである。

にもかかわらず、二人は抱擁とキスだけである程度の感覚に満たされたと設定されている。美佐子が、ここでの行為は特別なもので、下界には持ち込まないと意識したものの、その後悩むのはそのせいでもある。発表当時としては繰り返すが、公の武器内でのギリギリの描写であった。

ともあれ、『山のかなたに』において石坂は性の問題を新聞紙上で公にすることができた。しかし、性の問題は広く、深い。一年半後の『母の自画像』という作品において石坂はそれをさらに追求することになる。

4　『母の自画像』から『わが愛と命の記録』へ

『母の自画像』は昭和二十六年四月から同二十八年十二月まで『婦人倶楽部』に連載され、同題で二十九年三月に上下の二冊本で講談社より刊行された。その後、『わが愛と命の記録』と改題の上、同三十五年五月に同じく講談社より発刊された。ただ、その際、内容も大幅な改訂がされている。石坂は「あとがき」の中で、次のように述べる。


それから五年目、今度は全一冊のこの本を出すことになつたのだが、これを機会に、私自身もそう感じていたし、講談社出版部からの希望もあったので、少しばかりむき出した感じがする「母の自画像」とする題名を、「わが愛と命の記録」と改めることにした。

雑誌連載のペンをおいてから七年経つた今日よみ返してみると、全体にあくどさが目立ち、意に満たないものが多かつた。あのころは、こんな風に書きたい心境だつたのかと、しばらく考えこまされた次第だ。で、今度はせつかくの機会でもあるし、作品全体にわたつて推敲を加え、削つたり、補つたりしたが、分量の上では、元の「母の自画像」に較べて、今度の「わが愛と命の記録」は、五分の四ぐらいに縮められていると思う。

ともかく、今度の本をこの作品の定本にするつもりだ。

すなわち、石坂は『母の自画像』を『わが愛と命の記録』と改題し、その内容も推敲を加えて五分の四ぐらいの量にした、これを定本にしたいというのである。もちろん、初出発表の昭和二十六年から完成の三十五年の約十年間に彼の作品も進化し変化している。たとえば、「青い山脈」（昭和二十二年）の成功の後、各新聞に「山のかなたに」「丘は花ざかり」「山と川のある町」「あじさいの歌」「陽のあたる坂道」等々を発表して青春物の第一人者の地位を築き、いっぽう、「石中先生行状記」等の話題作も世に問うている。

したがって、石坂が「母の自画像」の「少しばかりむき出し」、「全体にあくどさが目立ち、意に満たない」点を見直そうと考えた時に、執筆時の考え方よりも十年後の考え方が優先するのは当然のことである。

改訂の状況

今、それぞれの作品について便宜上、次のように仕分けをする。

1　雑誌連載の「母の自画像」――――A
2　単行本の『母の自画像』――――B
3　単行本の『わが愛と命の記録』――C

この中でAからBへの本文異同は少ないものの存在する。また、BからCへの異同は石坂が「あとがき」で語るように多い。Bが四百字詰め約千枚に対してCは八百数十枚になっている。しかも、後で述べるように、作品の性格の変更に係わるようなものも含む。したがって、以下の考察は前者については、必要な程度に指摘するのにとどめ、後者の異同を中心に考察することにしたい。今、それぞれの章立てを記すと次のようになる。

1　Aは、全九十八節。
2　Bは上巻が全四十六節、下巻が全五十節。
3　Cは全七十五節。

詳細に見ると、B『母の自画像』の全九十六節が、C『わが愛と命の記録』では七十五節となり、下巻を中心に大幅に削減されている。特に、『母の自画像』冒頭の一節から四節が全三節に㋐、下巻六～八節の大幅な変更㋑、下巻十二節から十九節半ばがカットされて五十五節に㋒、下巻二十一節から二十六節がカットされて五十六節に㋓、下巻四十一節と四十二節が七十節に㋔、下巻四十五節から四十八節が七十三節に㋕、下巻四十九節と五十節の添削が多い㋖等々、いずれも大幅に削減されている。

本文改訂の実態

以下、㋐から㋖の異同について検討するが、その前に『母の自画像』がどんな内容かを把握する必要があるので、簡略に述べる。

これは、結核に罹病して命の終焉をまじかに控えたある女性が、その生から死までの約五十年間を自伝風に描き、体力の限界から筆をおいた後、その続きを女性の義弟である作家が述べるというものである。義弟の手記はB本の全九十六節のうち、わずか二節にすぎず、量から言えば問題にならない。しかし、この部分が存在するかしないかは作品の評価を左右する重要なことになる。後で論述する。

私こと中川タミ子は明治末に津軽平野の城下町H町に生まれた。役所で学務課に所属する父・喜左衛門と主婦の母・ソノ子、タミ子、その兄・貞一の四人家族で育ち、小学校教員となり、港町A町の醸造家・中村家の長男・謙一と同業の縁で、結婚する。しかし、結婚までは様々な苦労をする。実家の両親や中村家の両親たちとの煩わしさにも悩まされ、学生時代からの交際を経て結婚した貞一と白川八重子との関係にも振り回される。

このようなタミ子の半生を述べるこの作品で彼女が主要人物であることは言うまでもないが、女性では両家の母親と八重子、男性では謙一と貞一、両家の父親がそれぞれ主な存在である。他にタミ子の担任の子の叔父沢口康吉、彼女の同僚の高田先生、等々が重要な存在である。

タミ子が少女から成長して学園生活を送り、教員免許を得て女教師として活躍し、女性としても結婚後子どもを三人設けて、育て上げる。設定された時代は、旧民法施行の時代だから女性は様々な規制を受けていた。例えば、結婚相手は親が決めるのが当たり前だし、家族内での姑や舅の発言は絶対的であった。女性は、結婚前は処女であるのが当然とされた。

そんな時代の中でタミ子がどのようにして自分を成長させ、夫や姑や舅の意見に時には逆らってまでも自分を貫いたのかが描かれている。特に、タミ子に対応する八重子の存在が無視できず、その存在をタミ子はどこかで認めざるを得ない点が作品の重要なところであろう。さらに、義弟の手記が添付されていることは、そのようなタミ子の生き方とさほど密接な関係がないように一見思われるが、実は、たいそう重大なものとなっている。この点も後述する。

以上のように作品のあらましを示したうえで、次に先の異同をみていきたい。

まず、㋐の三節の半分ほどがカットされている部分である。ここは、兄・貞一が太平洋戦争の最中に乗船中の事故で奇跡的に命を取り留めた話を述べた箇所である。その時の兄が助かったのは幼年期の厳しい剣道の稽古のおかげだという。作品の初めの方に、このような逸話を紹介することに違和感を覚えたのであろう。したがって、カットしたと考えられる。

次は㋑である。ここは謙一の母・タカ子が店の番頭・早野の口車に乗って多額の金を持ちだして東京で教員をするタミ子の元を訪問する箇所である。本文Bでは、タミ子が早野の相手をしているときに友人の病気見舞いにでかけた謙一が帰宅して、話に加わる。彼は早野に今回の出来事のお蔭で中村家を建て直すチャンスがくれば、全く君の手柄だと言い、感謝の意をあらわす。しかし、謙一は君にもお礼金を渡したいが、今日は帰ってほしい、一週間後に、と言って早野を無理に帰す。その晩、泊まったタカ子の傍でタミ子は、母のあり方について種々考えさせられる。

このように展開するBに対して、Cは次のように訂正されている。早野の登場によって、母は物干し台から下に降りて下宿の女主人と仕組んで、まず女主人を二階にあげて警察がきたと虚言させる。それまでタミ子と会話を重ねて多少とも気を緩めた早野はその一言に驚いて、物干し台から逃げていく。その時、懐中から匕首を落とすが、タミ子に手渡しされる。その後に謙一が帰宅して、タミ子を褒める。

つまり、前者では謙一の働きが早野を追い払うが、後者ではタミ子とタカ子のコンビが主役となる。この異同はどういうことだろうか。

Bでは謙一の存在が大きく、タミ子はさほどでもない。作品全体では彼の存在は少なくともタミ子との結婚以前は彼女をリードするほどの識見を備えた人物に描かれるが、実家の家業を継いでからは次第に女性関係にだらしない存在になり下がり、しまいには八重子に子どもまで産ませる。そんな男であれば、タミ子との対比からも、Cのようにタミ子の存在をアップさせたほうがよいと石坂は考え直したのではないか。Cはタミ子の存在だけでなく、タカ子の地位向上にも役立つ書き直しと考えられる。

なお、Bでは早野が後日金を受け取るように設定されているが、Cではそんな約束はされていない。早野は這う這うの体で逃げ帰るだけである。これも、作品としては優れた設定に変化している。

次は㋒である。Bの十二節から十九節半ばまでが全てカットされていることである。十二節に謙一と全く無関係の「常識的な生活の流れの中に、ふと紛れ込んだ、悪夢の一場面のような記憶」と述べる内容である。

これはタミ子が担任の沢口文子の高輪にある自宅を訪問した時の話である。その子爵家の邸宅は彼女にとって未見の豪華なもので、驚かされるばかりである。両親が留守のために沢口子爵の実弟である康吉と会う。しかし、病的ながら魅力的な言動を備える彼に対してタミ子は、自分を女たらしだと言う彼に悪い感情を抱かない。また、肩に腕を回されてもぴくりと震えるだけで立ち上がりもしない。さらに、庭で長いこと話し込むということも常識をはずれた行為でありながら何とも思わない。もしかしたら「すべての女の中に、もう一つの危険な自分がひそんでいる」のではないかと認識する。

やがて、文子の両親と面会するものの、成績を手加減しないという自分を見下した親の態度にショックを受ける。帰途、追いかけてきた康吉につき合って買い物をする。翌日、学校に文子を送って来た執事の永井に何かと話をされたタミ子は、その夜彼から求婚されるとの夢をみる。一週間後、校長から担任を外れるように命令される。まもなく、新聞で康吉自殺の記事を見る。

こんな内容だが、確かに彼女の生活履歴を記すという目的からは外れるようなものである。しかし、Bの十九節において次のように述べていることが注目される。

中村が、八重子のような気質の女に対して弱いということを思い知らされたのも、私にとつては、世間の学問の一つだつた。そのほか、中村の両親のトラブルに介入したこと、沢口康吉との関係で、私自身が自分を信じきれなくなつたこと——

ここの部分はC本ではカットされているが、「沢口康吉との関係で、私自身が自分を信じきれなくなつたこと」というのは明らかに、先のカット理由（「すべての女の中に、もう一つの危険な自分がひそんでいる」ということ）に関連する。すなわち、『母の自画像』の時点ではあとで触れるような田島医師との出来事に至る伏線として、ここの康吉との出会いはどうしても必要だったのである。C本でのカットはその理由をいくらか弱めようとの意思が働いていたと考えられる。

次は、㊁である。ある時、不意に嫁ぎ先の満州から八重子がタミ子のところへやって来る。翌朝八重子が家を出た後、警察から電話があり、八重子と、安田という二十三歳の男の二人が警察に保護されているという。安田は、旧制中学を終えてすぐ、満州のある会社に入社していたが、貞一がそこへ入社してきてから、その家へ遊びに行くようになり、八重子と親しくなったという。まだ特別な関係ではないが、満州から内地へきて、八重子と心中しようとしたらしい。八重子は一緒に来た謙一と帰宅する。一方、安田と一緒になったタミ子は食事をしたり、散歩をしたりしながら彼から諸事情を聞きだす。励まされた彼は死の覚悟を撤回し、生きる決意を表明する。一方、貞一から電報がきて八重子も急遽満州へ帰る。

この部分の存在意味は、安田をめぐる出来事と八重子の出現の二点である。特に安田の方はタミ子の助力を強調しようとすれば作品としては必要かもしれないが、それほどのことはないだろう。同様に、八重子の方も、彼女の人柄を述べる上で必ずしも重要な出来事でもない。恐らく以上のような理由からカットされたと考えられる。

次に、㋔の異同を見てみる。ここでは、田島医師の留守中に彼の日記をタミ子が無断で閲覧する場面が四十節から四十四節まで延々と引用されるのだが、その中のある部分がC本ではカットされた。まず、

×月×日

……N夫人が、私達の過去の夫婦生活について、根掘り葉掘り訊いた。おしまいには愛撫の回数まで尋ねた。大真面目で――。何を考えているのだろう……。（四十一節）

これは全て削除である。さらに、四十二節に、老婆が冷えたスイカを持って来、ついでに雑談する箇所がある。タミ子が「そんなものでしようかね。早くお好きな方が出来てくれるといいんですけど……。いまのままでは子供さん達が可哀そうですわ。」に続けて二頁以上にわたってカットされ、「奥様、私はもう階下《した》に参ります。あの、どうか、私が軽はずみでおしゃべりな女だとお考えにならないで下さい」と再開される。

また、B本の四十二節の最終は次のようになっていたが、C本ではより意味が強められて次のように改訂された。

それは淡い嫉妬の情だつた。田島医師を気の毒なほど逆上させる影響力をもつた彼の妻を羨やましく思つていたのである。――それと気がついて私は苦笑を洩らしたのであるが……。

それは、夫でない異性に牽かれる不穏な性質のものだった。←

この異同は、まもなく訪れる田島とタミ子の抱擁の前触れを意味するものであろう。

次に、㋕について。四十五節は六割ほどがカットされている。すなわち、「『……貞淑な……奥さんだつてわけか……』と、田島が未練がましい調子で云つた」から「記憶の焦点を何べんも合わせ直しているうち、私の頭の中に、嫂の八重子の姿がクッキリと浮かび上がつて来た」までの二頁半に及ぶ部分が、C本では「どうしてだ、貴方は男女の愛情というものがどんな風にして満たされるものか知つてる筈だ」から「あせつて、記憶の焦点を何べんも合せ直しているうち、私の頭の中に、嫂の八重子の姿がクッキリと浮び上つて来た」までの一頁足らずのものに削減されている。

B本では田島の「行為」を求める言葉に対して、タミ子は子ども三人と中村の存在を挙げて拒否する。それに対して田島は行為を強行しない。一方、C本では、そのような理由を挙げないで、タミ子は自身の病気だけを挙げる。C本の方がすっきりした仕上がりになったといえよう。

B本の四十六節は冒頭から二頁強ほどの「いろ〳〵に、自分を責めつけるような考え方をしてみても、山の谷間から霧が涌くように、どうしようもない自信のようなものが、身体の中のすみ〴〵から湧き出てくる。それに逆うことは出来なかつた」までがすっかり削除されている。ここは、田島がタミ子の夫に対して今度のことを黙っていると約束し、タミ子は「大きなプラスを含んだ過失」にしたいと言う。これらの発言も大勢からみれば余分にすぎるということでカットしたと考えられる。

さらに、B本の四十七節と四十八節の全てがカットされている。ここの内容は次のようである。田島とタミ子がその後、年始回りの時に偶然出会って、様々な話をする。その時、芸者上がりの女を家にいれている田島が初めてタミ子の夫に二人のことを話したと言う。驚いたタミ子はその夜、早速、自分の口から夫にその時のことを話す。最初は聞くのを嫌がっていた夫は、結局全てを聞くが、二人は再出発を誓う。

実は、四十八節でタミ子の自伝は終了する。したがって、この二節の有無は作品の理解と評価にかかわってくる。

すなわち、C本のような場合でもタミ子の田島との経験は生きて来て、この作品では重要な意味を持つ。しかし、B本のようにこの両節が存在する場合は、田島とタミ子の後日談を知りうる外に、特に、その行為に及んだ理由を彼女が夫に語る点は注意されてよい。つまり、タミ子はその理由として「復讐の心理に支配されていたのではないこと、自暴自棄に陥っていたのでもないこと、私の性格の中に、性の欲望に弱いものがあつて、それが私に過ちを犯させたものであること」(四十八節)と述べるが、最後の「私の性格の中に、性の欲望に弱いものがある」という箇所が重要である。つまり、ここではタミ子は性格や心理等とは無関係に、いわば本能に近いものの存在を認知している。しかし、カットすることによってタミ子のそのような認識が隠蔽されてしまうことになるからである。

次に、㋖について述べる。B本の四十九節と五十節は、タミ子の義弟で作家の欣二の手記で成り立つ。四十九節は手記を依頼するタミ子の手記が殆どだが、最終節「その後、私は、この手記を一つの読み物として、一般に発表することを考えるようになつた。そういう機会が与えられれば、一般の読者に読んでもらつても、そうムダなものではないだろうと信じたからである」の部分はC本ではカットされた。

五十節も削除並びに改訂された箇所が多い。特に最初の二頁ほどがそうである。田島医師の再婚のことを記した部分は先に削除しているから当然であるが、次の欣二に関する箇所をめぐる記述はどんな理由があるのだろうか。

すなわち、欣二が大学を出て、出版社に勤務するようになってから八重子の家に出入りし、「八重子の美貌と奔放な性格に牽きつけられて、彼女の家に入り浸り、ついに遊戯的な肉体関係を結んでしまう」とあるこの箇所は、「彼女の成熟した美貌と奔放な性格に牽きつけられて、たびたび危機に見まわれたが、その事はここには記さない。（私の出世作となつた中篇小説は、彼女との心理的なもつれを描いたものである）」という風にぼかされてしまう。

ちなみに、今引用した（　）内の文章はB文では次のようになっていた。

だが、私が新進作家として世間に認められるようになつたのは、八重子を中心とした私共の三角関係を描いた数篇の短篇小説のお蔭であつた。作家というものは、どんな出来事でも書かずにいられない、因業な、救いの無い職業なのである……。

なお、この箇所は、A本では記述がない。A本に記述がないものとしては他に、タミ子が伊豆に引っ越しをしてからのことだが、八重子の家を尋ねるとの希望に沿って私（欣二）が案内する。そこには謙一と八重子の間にできた子どももいるので、私は「不快な空気」が生じることを懸念する。しかし、女同士ののんびりした、和やかな雰囲気が生じる。そこには謙一（私）も同席している。

「それあこの人だつていいとこがありますわ。昔、私が夢中になつて惚れたんですもの……。どれ。あなた方の坊やをみせて下さい。まあ、こんなに肥つて……美男子で……貴女のお手柄だわ……」

「それがねえ、タミ子さん。女つてバカなもので、まともな関係でなく生んだ子供ほど、愛情がうつつていくような気がするの。……こんな可愛いのを生ませてもらつた上は、もう貴女の旦那さんに用事がないようなもんだけど、病人の貴女の所へ、こんな厄介な人を返して上げたつて仕方がないでしょうから、ずうと私が預りますわ。毎日、喧嘩はしてるけど、わりに大切にしてるつもりよ。私も、いろんな事があつたんで、人間が少し利口になつたようだし、大丈夫よ、貴女、御心配なさらなくともいいわ」（五十節）

この箇所もA本には欠けている。なお、これに続くタミ子の会話「ええ、頼みますわ」以下

「私の生んだ三人の子供達と、八重子さんが生んだ三人の子供達に、平等な機会を与えるような趣旨で、使用してもらいたいと思うの……」までも、同様に欠けている。以上の箇所はC本では、それなりに改訂している。

いずれにしても、夫のいわば不倫を認め、そこにできた子どもさえも認知するというタミ子の心境がここには記されている。その心境の変化に注目するべきである。かつては、二人の間に嫉妬心さえ燃やしたタミ子がどうしてそのような変化をみせたのか。

作品の終わりに近い辺りで、タミ子と私（欣二）が八重子の家から帰宅する場面。

「きれいだわ。都会の夕陽って、なんだか哀しいものなのね。……欣二さん、中村が出がけに、こんな紙切れを懐に忍びこませたの」

これはC本では次のように書き替えられている。

「きれいだわ。……ただごとでないといったような美しさだわ。死んでしまえば、生きてる人達は好きなだけこんな美しい景色を眺めているのに、自分だけ見られなくなってしまうのね。それだけでも口惜しくって、死にたくない……」

いわば、死を恐れる気持ちを素直に表現している。そして、作品の終末部分である。A本では、煙突の多い、工場地帯の夕陽を背に浴びて、影に包まれた義姉の姿は、何か永遠の生命を孕んだもののような錯覚を私に起させた。

この時の印象は、深く私の頭の中に刻み込まれている……。（おわり）

となっていたが、B本では次のように加筆されている（C本も多少の異同はあるものの大勢は同じである）。

煙突が多い、工場地帯の夕陽を背に浴びて、影に包まれた義姉の姿は、なにか永遠の生命を象徴したもののような錯覚を私に起させた。そして、その時の印象は、いまも深く私の脳裏に刻みこまれている……。

「霊香院妙貞大師」というのが、義姉の戒名である。

墓は、A市の郊外の菩提寺にあるが、墓地は海に面した小高い丘になつており、義姉の墓石の周りには、はまなすや月見草が、季節々々に、ひつそりと花を咲かせている。

改訂されたほうが、いわば小説としての体裁が整ったといえる。

改訂の意味

以上、AからB、BからCへの本文異同の実態を見てきた。AからBの場合でも注意すべき異同もあるが、大半はBからCへの異同に関して、である。石坂が述べるように、その趣意は「あくどさ」を削り、意に満たないものにプラスするということであろう。このことを具体的に説明すると、どうなるか。部分的には既に述べたが、さらに触れたい。

中で、㋒や㋔、㋕、㋖の場合は共通する要因が見られるのでないか。まず、㋒では、タミ子は女の中に「一つの危険な自分」が存在することを自覚させられ、㋔の田島医師との出来事は「夫でない異性に牽かれる不穏な性質」を発見させる。また、㋕で、田島医師を拒否する理由にごく常識的な、夫と子供の存在を挙げたが、改訂してその理由「性の欲望に弱いもの」が存在することを指摘する。㋖では、夫と八重子との間にできた子を何のわだかまりもなく認知する。

このような添削はいずれもタミ子の性をめぐる問題に収斂させることができる。作品改訂の理由にこの問題を重視する必要がある。

タミ子の性に関する意識が最初に現れたのは幼児の時である。二階の屋根から納戸の中を覗いた私は、父がそこの畳の上で女中を抑えつけて熱心に「しかりつけている」のを見る。それを実家に遊びに行っていた母に告げると、彼女はもうあの家には帰らないと言う。

この時はまだ知識に欠けるものの、女学校の寄宿舎でのこととなると事情は異なる。友人の太田マリ子から婚約者とすでに性行為があると聞かされて、彼女は裏切られたような憤りを覚える。「私と同じ元禄袖の着物と海老茶の袴に包まれた彼女の身体は私とは違うのだという意識がどうしても私の血を落ち着かせなかつた」。

教師になり、教職員や父兄たちと接するうちに知識は増す。特に、中村謙一とは「好意を感じていた。だが、私は、その頃の堅実な考えを持つている娘達の一人として、若い男子と個人的な交際をすることは、好ましくない事だと信じていた」(B本 上—二十五節……以下の引用はB本に拠る)。

しかし、中村の実家を初めて訪問した際、彼の嫁がすでに予定されていると知った「私」は、「激情的に、中村の膝によりかかつていき、声をあげて泣き出した」「私の盲目的な独占欲が爆発したのである」(上—三十五節)。そういう相手を断って、私と結婚することを両親に告げた中村とその日、「私は、肉体の上で大人になつた。中村はためらい、拒んだのだが、私の方で、そういう関係をひたむきに求めたのである」(上—三十七節、この部分はC本では「ためらい、拒んだのだが」は「ためらつたのだが」と本文異同がある)。この行為は、タミ子において愛情と肉体の合致を理想とする考え方が育っていたことを示す。

「私」が中村の後を追って上京し、中村と八重子の間に疑惑を招くことがあった日に、

「私、久しぶりでお会いしたのに、まだ接吻もしてもらえないわ」

私がそう云うと、中村は私を優しく抱いて、しずかな、長い接吻をしてくれた。私達の間のわだかまりは、それですっかり解けてしまつた。(上—四十四節)

とある。二人はその後、東京で教員生活を続ける。しかし、二人の間に肉体関係はなく、中村の

母が番頭の早野との事件で上京後、皆で一緒に帰郷する、その実家で中村がキスを求める。

「ねえ、タミ子さん」
「なあに」
「急に君に接吻したくなつたんだけど、構わないかい?」
「――いいわ」と、私は低く呟いて、目を閉じた。

快よい重味が私を圧しつけた。私達は、落ちついた気持で、しずかな、長い接吻を交わした。(下――八節)

その後、教員生活も七年目、欣二から家族の実情を伝える手紙が届いて、二人は帰郷して家業を継ぐ決意をする。その話し合いを終えて、

(中村は)私の身体を自分の胸の上に曳きよせた。そして、私達はしずかな烈しい接吻を交わした。私は、私の生命の流れが、彼に注ぎこまれて、彼の魂の傷口を癒してくれるようにと祈つた……。(下――二十九節)

と結ばれる。

これらの接吻は、「私」にとって中村謙一との距離を縮めるものになっている。それによって

「私」は彼の足りない所を補い、彼をより活力溢れる人間にさせようとする。このように見て来ると、タミ子における性は、第二次世界大戦前までの日本で女性がごく平均的に授けられてきたものと同一線上にあると見られる。

しかし、作品が終盤近く、田島医師との出来事になるとそれとは多少とも事情が異なってくる。田島の彼女への思いは、彼の日記に記されているが、それを「私」が無断で見たことが直接の原因になって事が始まる。〈僕の日記を無断で読み、心の秘密を覗いたその代償として、君もその責任を取らねばならない〉と、田島は「私」の身体を抱きしめ、唇を求める。その後、二人は互いの髪や頬を愛撫し、キスを繰り返すが、最後に子ども三人を防波堤として、「私」は田島から離れる。

そして、その最中に八重子の姿が浮かぶ。「私」はその時、「ああ、私の中にも娼婦が生きていた！」（下―四十五節）と思う。それは「単に淫らだつたり自堕落だつたりするものではなく、生き〳〵としており」（同上）というものであった。

しかし、「私」は今度の出来事を「これが過失であるとしたら、大きなプラスを含んだ過失であるように……」と考え、「中村を裏切つたとか、欺してるとかいう意識は浮んで来なかつた」（以上　下―四十六節）。

ここで、八重子の姿が彷彿するというのは、極めて意味あることで、次に、この作品における彼女の役割を考えてみる必要がある。

彼女は女学校でタミ子の一級上だが、在学中から何かと話題になった生徒であった。目が細く、唇が厚く、腰や胸が膨れ上がって、肌の白い女であった。在学中から男との関係を色々噂されていた。女学校を出た後、上京して裁縫学校に在学していた。

母の葬式で彼女と初めて話をするタミ子は、彼女から「あなたは少し人に指図したがる癖がある」と言われて、驚く。その後、兄と八重子は結婚するが、「私」は兄が在学中から親しく交際する彼女に対して、虚栄心の強い、淫奔な女とのイメージを強くする。というのも、後に、「私」と婚約中の謙一とも平気で交際することもあったからである。もっとも、それは彼が望んだことでもあったが。しかし、彼が度々彼女からの「被害」に会ううちに、タミ子は彼女を迂闊に軽蔑できないと思うようになる。

ある時、八重子がタミ子に「私と貴女とは、性格が対照的だけど、でも私は、貴女が好きなんだということを分つてもらいたかつた」（下—二節）と書いてよこす。

八重子が満州から安田という若い男と来た折、タミ子は彼女と久しぶりに会って食事をし、風呂に入り、会話を楽しむ。その時、八重子は、タミ子をずいぶんはきはき物を言うようになったとほめ、タミ子も彼女に対して寛大な気持ちになる（この辺りは、前述の㊦の異同に属し、C本ではカットされている）。

別れ際に八重子は、「結婚なんて……大したことじゃないんだけど、そうなさい。まつたく大したことがない……」との言葉を残す。ここでは「まつたく大したことがない」との言い方は、結婚という形式にとらわれない八重子の考え方がうかがわれて興味深く、これは後にタミ子も理解するところとなる。

このように、私・タミ子は最初、嫌っていた八重子と終いには気持ちが通じ合う。そのことは、作品の最終章の欣二の手記の中に示される。先に、この作品がタミ子の手記で終了しないことが意味ある点だと述べたが、次にこの点に関して触れる。

この作品はタミ子の手記を終えて、義弟の欣二の手記が加わることによって性格を変化させる。欣二の手記は形式的にはタミ子の手記の続編であるが、タミ子以外の人間の思想や行動も述べられている。例えば、彼女の兄の貞一が八重子の情夫に重傷を負わせて逃亡の挙句、山中で自殺。満州から東京へ引き上げた八重子のためにタミ子夫婦が下宿屋の開業を援助。しかし、商用で上京の兄が八重子の所へ入り浸りで、帰郷しなくなり、ついに子どもを設ける。一方、私・欣二も彼女の家に出入りして肉体関係を結ぶ。兄弟で一人の女と関係を持ってしまう。

この辺の事情は先に、本文異同の箇所で述べたが、繰り返すと、八重子の元を尋ねたタミ子は彼女と和気藹々の会話を交わす。それを欣二は次のように解説する。

ともかく、世間の常識から云えば、いまこの家の座敷に繰りひろげられている情景には、いくつかの、重大な間違いが含まれているのだ。まず、仏壇の奥には、八重子の亡夫の貞一の写真が飾られ、仏壇の上の壁にも、同じ人物の大きな引伸し写真が掲げられてある。その座敷で、八重子は、貞一の妹の亭主、謙一と、不義の情欲生活に耽溺しているのである。さらに、いまこの場に、タミ子の案内人として登場している私自身も、嘗っては、八重子を対象に、兄弟で三角関係に陥っていたことがある。——そういう間違いだらけの情景にも関わ

らず、義姉と八重子は、その中から不快なイヤらしさを抜きとる、不思議な魔力を有しているかのようだつた。(下—五十節)

ここに描かれた世界はかつて田島が「道徳というものは、人間が集団生活をする便宜上、おたがいの合意の上でつくられたもので、それ自体、本質的な権威を含んでいるものではなさそうである。他人の妻を愛することが何故いけないか、また、妻が他の男を愛することが何故いけないか、社会の約束のほかには、そうしたことの価値を決める本質的な権威はない筈」(下—四十三節)と考えるのとどこかで通じ合うものではないか。いわば、道徳の存在を疑う、あるいは無視するという考え方である。

欣二は、皆が集まるその場を道徳が無視された重大な間違いだらけの情景だという。しかし、その中にあって、タミ子と八重子がそういう不快なイヤらしさを抜き取った存在であるともいう。この両名がどうしてそのような思考に至ったかは説明がなされていない。一切不明である。ただし、読解の限りでは、少なくとも次のようなことはいえる。

すなわち、それまで当時の女性の性に関する平均的知識を備えていたタミ子が、主に八重子との交遊を通じてその影響を受け、その域を完全に脱出したということである。元より八重子は当初からその域を疾うに脱出していた女性だったからタミ子がようやくそれに近づいたといえよう。

当初タミ子は八重子に次のように言っていた。

私も率直に云いますけど、貴女が仰言つてるのは、動物の世界の真実であつて、人間社会に通用させようとすれば、社会の秩序を乱してしまいますわ。（下―二節）

八重子はその前に次のような事を述べる。

一人の男だけが、自分にとつて魅力があり、ほかの男には魅力を感じないなんて、そんな都合のいい、片輪な心理つて存在しないと思うのよ。ただ、社会生活の約束で、そういう偽りの心理が、人間の本性であるかのように思いこんでるに過ぎないんだわ。（下―一節）

実は、この八重子が話すことは、後に石坂が「水で書かれた物語」（昭和四十年）で述べたものと酷似している。その意味では、『母の自画像』はすでに「水で書かれた物語」を先取りした作品と言える。おそらく石坂は「暗い地盤」（石坂「あとがき」『水で書かれた物語』）を足場にして『母の自画像』を執筆したものの、早すぎる登場に自ら戸惑い、『わが愛と命の記録』へとカーブを切ったものと考える。

〈付記〉引用文中に現代からみて差別的表現が含まれるが、これは歴史的資料として判断したので、そのまま引用した。

5 『水で書かれた物語』への助走

『水で書かれた物語』（昭和四十年刊）は近親相姦を素材にした、石坂の新境地を開いた長編だが、石坂はそれ以前にも同様のマテリアルを用いた短編を発表している。もちろん、男性や女性の性に関する知識を徐々に深め、それを作品に示す歩みを着々と進める石坂である。例えば、性の解放が進む戦後の動向に合わせて『山のかなたに』（昭和二十五年刊）では女性の性の覚醒を意識したたし、『母の自画像』（昭和二十九年刊）では、性を飛びこえ、結婚の無意味さを認識する女性を登場させた。これらの事柄については既に述べた。

これから見る近親相姦を取り上げた作品はそれらとほぼ同時期に発表されている。一体、石坂はどんな意味をそれらに持たせたのか、その意味するものは何なのか。以下、見てみたい。

その第一作は「不幸な女の巻」（昭和二十八年）であり、第二作は「お玉地蔵の巻」（昭和二十九年）である。どちらも『石中先生行状記』完結篇（昭和二十九年刊）に収録されている。

「不幸な女の巻」梗概

「不幸な女の巻」は、『石中先生行状記』の語り手である石中先生に投函された四十二歳の温泉芸者の原稿を元に発表した、との形式をとる。彼女は自殺を決意しており、その前に半生を書き留めたいと思ってまとめたのだという。石中先生はそれを読み、強い衝動に打たれる。「その女の不幸が単なる社会環境から生じたものではなく、もっと深い所にある大自然の盲目的意思――たとえば、ギリシア悲劇で扱う『運命』のようなものに感じられた」からである。普段、この手の投函物にあまり心惹かれない石中先生も読み終えて公表することにした。まずはその大凡をみる。

温泉芸者の村野トキ（作品では「私」、以下そのように記す）は、石中先生と同郷で、町でも有数の木綿問屋の長女であり、弟妹を持つ。家は、両親が大変な吝嗇な気質で、世の中で金ほど尊いものはないとの考えの持ち主だ。

「私」は近所の人から美人だと褒められたが、実際は無口で、物事に対して自分の意見を持たない人間だった。女学校四年の時に「私」に縁談が持ちあがった。相手は町から四十㎞ほど離れたK港の網元山津勘兵衛の長男勘吉である。山津家は県下でも著名な金持だった。「私」は、早く嫁になることを教えこまれていたので、山津家へ嫁いで友達を羨ましがらせてやろうと考えるようになっていた。一度見合いをして、承諾した「私」はその一ヵ月後に嫁入りする。十八歳の夏だった。たいそうな嫁入り道具と共に山津家に乗りこんだ「私」は祝言の様子にすっかり夢見心地になり、友人たちにこんな資産家に嫁いできたことを自慢らしく思った。

初夜の翌日、見合いの時と今の勘吉が似ても似つかない別人であることを発見した。背丈は百五十㎝にも満たず、眼も鼻柱もまるで異常で、化け物のように不気味な人間だった。両親は二人とも貫禄があり、品のいい人物だったのに。その間に勘吉のような長男が誕生したのは、何かの報いだと世間からも言われていた。余りのショックに部屋から出ようとしない「私」を勘吉は何とかなだめたが、いつまでも言いなりにならないので、堪忍袋の緒が切れて終に「私」に暴力を振るって言うことを聞かせようとした。家の者の態度も一変する。さらに、見合いの時の替え玉が「私」の両親の提案だと明かされて、「私」は今後、親の影響から離れて自分一人で生活の道を開いて行かねばと孤独感に苛まれる。

一ヵ月ほど経った頃、博打打ちの虎五郎という男に千円の金を払って山津家を出て、実家に戻ることができた「私」は、両親にその金は婚家から盗んだ物だから返してくれ、今後は自分一人の考えで生きるから構わないでほしいと言いきって、家の中に閉じこもっていた。

しかし、「私」は勘吉の子を身ごもっていた。翌年の三月、M温泉で生まれた男の子は間もなくして山津家に送り届けられたが、「私」には妊娠中から子に対する愛着は少しもなく、出産後も同様だった。

M温泉で産後の肥立ちを癒していたある日、「私」は早大の学生から声をかけられる。その男は勘吉の見合いの代役をした風間信六という男で、勘兵衛が女中に産ませた子だという。見合いの席で「私」に会って以来、「私」のことが忘れられず気になっていた。「私」が山津の家を出てから、一度会いたいと思って捜したが、ついに会う事ができたのだと言う。

その場で結婚を申し込まれた「私」は、五日目に承諾する。東京で新居を構えて二年、その間、一度は流産する。それを機会に信六は生活が乱れ、「私」にも暴力を振るうようになる。とうとう株の思惑で失敗して金に困った信六は、「私」を茨城県のある町の酌婦に売り飛ばす。それっきり彼からは何の連絡もない。

「私」はその後、二度も結婚するが、本当の亭主だと思えるのは信六しかいない。「私」はそれから関東地方や東海道沿線の町々を転々として放浪生活を始めた。「私」の心の底にはいつも冷たい覚悟が潜んでいたので、好きな人ができても、いつもまた独りぼっちになってしまう。そういう生活の中で、「私」は小説を読むのが好きで、また、懸賞小説に応募して選外佳作になったこともあった。

戦争が終わった。そして世の中が少しずつ落ち着きかけた頃、「私」は生まれ故郷に帰ってA温泉で働くようになった。特に帰りたいという気持ちもなかったが、どこか死に場所を求める気持ちでもあったのかと思う。実家の家族の者とは皆連絡を取っていなかったので、別に墓参りをする気にもなれなかった。

七月のある温かい晩、海岸のある旅館から座敷がかかってきた。客は若い役人風の男だった。その翌晩も客は「私」を呼んで部屋に泊めた。二、三日後、男が十和田湖を見ないかと誘った。まだ「私」はそこを訪れたことがなかったので、喜んでお供した。

十和田湖の宿で男が身の上を話すことがあった。男は協同組合の金を五十万円持ち逃げしたという。金だけでなく、生きているのが厭になったので、死にたいという。さらに「私」が身の上話を求めると、生い立ちを話す。彼は「私」が生んだ勘吉の子の山津甲一だった。甲一の顔は風間信六そっくり、と改めて気づく。

十和田湖の宿で客と芸者の関係で二晩結ばれた「私」たちは、A温泉に引き返す。甲一は警察に捕まったが、彼らの目の前で青酸カリを飲んで自殺したという。「私」は駆けつけた家族と共に遺骸の世話をしてあげ、家に帰るとまもなく、石中先生にこの手記を書き始めた。

以上が手記のあらましである。石中先生は手記を受け取ってから五日目に彼女が自殺したとの新聞記事を見出す。

その考察

この手記を読んで、彼女がなぜ自殺したのかを考察する必要がある。

彼女は少なくとも勘吉との結婚までは幸福を夢見ていた。ただ、見合いの時の男とあまりにも違いすぎ、しかもそれが「化け物」といわれるほどの醜男だったためにすっかり当てが外れてしまい、しかも、その後堪忍袋の緒が切れた勘吉の暴力を受けることによってすっかり男嫌いになってしまう。しかも、そこに両親が絡んでいることを知るといっそう人間不信に陥る。

さらに、山津家を脱出するのに一役買った男に強姦されたことで、彼女は「二人の禄でなしの男たちに汚された、惨めな女になり下がってしまった」と自分を卑下する。

しかし、そういう彼女もその後本当の亭主だと思える男に出会い、一度だけ妻らしいことをする。それが風間信六との出会いだ。勘吉の異母弟である。彼は後に彼女を苦しめ、その結果、彼女は酌婦のような境遇に落ちることになるが、「私がほんとの亭主だと思えるのは、あとにも先にも信六一人きりです」「信六との場合は、お互いの愛情とか信頼とかいうもの以外の、もっと奥深いもので結びつけられていたような気がする」と述べるとおりである。

そんな「私」が、甲一が話の途中で「何となく生きているのがイヤになった」と言うのに対して「どうして何となくだか、話してごらんなさいよ。私のなんとなくと合致すれば、一緒に死んであげないでもないわよ」と相槌を打つ。この相槌が単なる愛想ではなく、彼女もそれまでの生き方からみて、生きる希望をさほど持ち合わせず、死さえ恐れないものだったと考えられる。

しかし、彼の話から彼が自分の実子だと知って死への道がいっそう近づいたということになる。もちろん、彼女は彼との性行為に対して「世間の人々が感じるような、緊迫した、生々しい、感覚的な罪悪感は」なかった。ましてや、彼女は彼に対して母だとは告白していないのだから。

むしろ、甲一の骨箱を抱えた田舎の老兄妹が汽車の窓からこちらをじいっと見送ったまま、かなたに遠ざかるのを見て、彼女は「堪えがたい孤独の感情にひしひしと襲われた」。生きる希望を損なう、この孤独感こそが彼女を死に導いた主因ではないかと推考する。

「お玉地蔵の巻」梗概

「お玉地蔵の巻」は、石中先生が祖母から聞いた民間説話の一つである。

江戸の文政年間の話である。津軽藩士足立佐兵衛は二十二歳で十七歳のお玉と結婚する。しかし、息子左金吾が四歳の折に佐兵衛はふとした風邪が元で他界する。残されたお玉は美人で気立てがよいため、その将来を心配した姑が実家へ戻るように彼女に言う。しかし、その懸命の説得にもかかわらず、お玉は左金吾の養育に専念し、一方、町はずれの山の観世音に熱心に身の安全、子の成長を祈願した。

しかし、左金吾が十八歳になると、小間使いに雇った夏子という十七歳の娘との間に問題が生じた。夜な夜な左金吾が彼女の寝所に忍び込み、思いを告げるという。その相談をうけたお玉は、自分の寝所と彼女のそれとを交換して彼に意見をするとの対策を決めた。

その夜、うっかり眠ってしまったお玉を左金吾が襲って思いを遂げる。お玉は、その夜の出来事を考えると、身の毛もよだつ恐ろしい報いを受けるに違いない。潔く自決しようと覚悟を決める。お玉は翌朝、夏子を呼んで、流行り病で亡くなったという事にしようと告げて実家へ帰し、一方、上司に頼んで、左金吾を江戸のお屋敷に出仕させた。

しかし、お玉は左金吾とのたった一夜の交わりで懐妊し、生んだ後、乳母にその子の将来を依頼した。その女の子には信心する観音様の守袋をつけてやった。

お玉はその後自殺することもなく、町の娘達にお針を教え、観音様へは三日にあげずお参りする日々を過ごして、何年も経った。

左金吾へは、お前が妻帯するまで必ず戻ってはならない、江戸表で修業しなさいときつく言い聞かせていた。彼が二十六歳の時、江戸から戻って来た彼の友人に左金吾の結婚の考えを聞いたところ、意外な返事が戻って来てお玉は刃物で胸を抉られるような苦痛を感じる。それは、自分が一度だけ小間使いの夏子の身代わりで息子と接した折の経験を語ったもので、自分を烈しい幸福感に浸らせてくれる女でないと結婚はしたくないというのである。

お玉は、この説明を聞いていよいよもって山の観世音の大慈大悲にすがるほかはないと思い、山の観世音菩薩により足繁く通うようになる。

左金吾が江戸詰になって十七年が経過した。彼は三十五歳、母は五十二歳になっていた。突然、彼が若い妻を伴って帰宅した。妻は小百合といい、十七歳だという。愛らしい、賢そうなその娘が加わって足立家も賑やかさを取戻して、お玉も若返ったような気がした。

ところが、小百合と二人で近所の小川へ洗濯に出かけた時、その水面に映った二人の顔を見てお玉はびっくりした。それはまるで瓜二つと言ってよいほど似通っていたからである。

まもなく小百合にその両親について尋ねると、全くその実態は自分が生んだ子とそっくりであることにきづく。その証拠に提示された守袋をみせられ、お玉はしばし実の娘を抱きしめる。

お玉は小百合の父が誰であるかを知り、どこまでも足立家の人々に祟る恐ろしい業因に身の毛もよだつ恐怖に襲われ、我が身が奈落の底に沈んでいく気がした。前世のどんな因業がこのような畜生道の絆をむすぶことになったのか、このように考えるお玉はその日から山の観世音に願掛けをする。左金吾と小百合との間に子どもが生まれないこと、その願いのためには自分の命も惜しくないことを。

二十一日目の満願の日に、お玉の夢枕に観世音菩薩が現れて、その願いが叶えられることになった。その翌日、お玉は白装束に身を固めて、山の観音の境内の杉林の中で自害し果てる。お玉の事情を知っている乳母夫婦が境内の一隅に石の地蔵尊を建てた。左金吾と小百合にはその後子どもができなかったが、それぞれ天寿を全うした。地蔵尊にはお玉の霊を慰めるために女たちの参詣者が後を絶たないという。

その考察

この作品における近親相姦は二組ある。一つはお玉と左金吾（母子）であり、一つは左金吾と小百合（父娘）である。その関係を知るのはお玉だけであり、左金吾と小百合の若夫婦は知らない。

先のお玉の場合は、彼女の性生活への不満が原因の一つかも知れないが、まだ年もいかないのに女に手を出す息子への怒りが寝所で交接という行為に及んだのであろう。しかし、息子にとっては、母の自分への扱いが嫁選びの基準になるほどの上等のものであった。おそらく母にとっても久方ぶりの行為で丁寧に扱ったのであろう。一度はその行為に対する責任として自害も考えたが、息子の将来を思うと決行できない。しかも、運が悪く一度の行為でお玉は妊娠する。この時、堕胎をすれば、お玉の運命もその後変化したかもしれないが、彼女は女子を出産した。この女子が後に左金吾の妻となる小百合である。

つまり、夫の左金吾からすると、妻の小百合は実の妹であると同時に実の娘である。小百合からすると、夫の左金吾は夫であり、わが父でもある。お玉は両名の中間に位置するということだ。複雑な関係になる。

しかし、左金吾夫婦はそういう関係を全然知らないので、作品は進行する。事情を知るお玉の場合の苦悩は深刻である。彼女は自害を何度も考えるが、結局は思いとどまる。自分の前世はどんな悪行を積んだのか、その因果かと思い、最後に彼女は観世音の信仰に身を委ねる。その結果、彼女は救済されることになる。

この作品は先の「不幸な女の巻」と違って、近世に設定されている。科学が近代ほどは進歩していない時代ゆえ、結論を求めてそのような宗教に頼ることも可能だった。

もちろん、作品としてはお玉が一度の性交で妊娠するとか、左金吾が偶然にも小百合と結婚するとか、余りに偶然性を多用するという欠陥は存在する。しかし、お玉が自害を考えても実行に至らず、それが露見した場合は処罰が必定だから、最後は宗教に従ったのは当然の帰結だといえよう。

近親相姦をめぐって

作者はこの二作で近親相姦を扱い、それぞれ近世の場合と近代の場合とを設定した。近世の場合はその解決を宗教に求め得たが、近代の場合はどうするのか。「不幸な女の巻」では、確かに死因の一つに近親相姦があったとも考えられるが、先にも見たように彼女のそれまでの生き方から見て極端な孤独感に襲撃された結果と考えた方が妥当である。

すなわち、「不幸な女の巻」の時点で石坂は近親相姦を素材にしたものの、それに対する対処の仕方はまだ固まっていなかったと考えられる。つまり、後年発表された「水で書かれた物語」のような登場人物の人生や性に関する明確な思考がまだ定まっていなかったと言わねばならない。同作では主人公の松谷静雄は「男であり、女であるという以外は、おたがいの関係を気にしない良心（これは人間が便宜にこさえたものにすぎない）以前の世界で私は生きている」と言い、この考えは「私」だけでなく、父や母、妻（異母妹）ゆみ子の全てに通用する（単行本一五一頁）と語っていた。また、「私」は性に関していわゆる社会の常識や約束、法律等に縛られない考えを持っていた。それに基づいて母との行為がなされたのである。

しかし、近親相姦をこのように捉えることはなかなか容易ではない。恐らく、石坂もその後知識を蓄えていったはずだが、これは我が国だけでなく、西洋や東洋、さらに現在だけでなく古代から現在まで延々と拡大する問題であり、その場合々々に応じて厳罰の対象となったり、逆に必要物として奨励されたり、評価が一定しなかった。

近親相姦の中でも最もポピュラーなのは、石坂も取り上げている母子相姦であろう。同じインセントでも、兄妹姉妹間のいわゆる同世代間インセントと、親子間のいわゆる異世代間の性愛とでは、前者がその禁止が人類社会に普遍的なものでないのに対して、後者はその禁止の強さは並みでない（内堀基光「インセントとその象徴」（二〇一八年九月刊『〈新版〉近親性交とそのタブー』）。その大きな理由について、精神分析学の創始者であるジークムント・フロイトは子供に近親相姦願望があると考えて、それをエディプス・コンプレックスと呼んだ。それは、男の幼児が無意識のうちに母親に愛着を持ち、自分と同性である父に敵意を抱くことで発生する複雑な感情である（『広辞苑』）。

これ以後、レヴィ・ストロース等著名な研究者が様々な議論を展開して来た。その多くは近親相姦を禁忌としているが、古今東西の文学作品や研究に当たって多方面に詳述した原田武の『インセント幻想―人類最後のタブー』（二〇〇一年十一月刊）は、タイトルのように、ここでも「家族を性愛の対象にするとは、人間たることから上方、あるいは下方に逸脱することだ」との態度が表明されている。

その中で、「インセストが最も基本的なところで『悪』とされるべきは、結局のところ、きわめてあいまいな言い方ながら、そこには人間から人間らしさを奪う要素がどうしてもつきまとうからだ」と述べ、「家族間性愛については、大まかな擁護論が正しくないのと同様、全面的な敵視もまた当を得ない」「もしかしてインセストタブーに揺らぎが見え始めたかもしれない今、私たちに求められているのは、人間においていかにインセストへの誘惑が大きいかを見定めたうえで、いたずらに恐れたじろぎも、平俗な行為に還元もしない冷静さであろう」と語る。

しかし、人間以外に視野を広げると、例えば、ボノボを「我々は、人間性の新たな方向へと大きく再編する可能性を具体的に示唆してくれる存在として、彼らの性と生の意味をとらえ直すべきなのである」と結論付けた小馬徹「性と『人間』という論理の彼岸」（前記『〈新版〉近親性交とそのタブー』）という示唆深い論考が存在し、ボノボの研究者フランス・ドゥ・ヴァールはその著『道徳性の起源』（柴田裕之訳　二〇一四年十二月刊）において、ボノボは、いつでも、どこでも秒単位でセックスをし、肉欲や子作り以外のあらゆる種類の欲求を満たすべく、セックスをする。父と娘のセックスや母と息子のセックスも皆無である。これはボノボの社会ではセックスを伴わない唯一の組み合わせである。しかも、このような行動規範は全てタブーなど抜きで守られる、と紹介する。

また、生物学、心理学、人類学などの研究をもとに、クリストファー・ライアンとカシルダ・

ジェタは『性の進化論』（二〇一四年七月刊）において、一夫一妻制が人間にとって自然でないと指摘し、人間の性について将来を見据えた発言も存在する。

さらに、山極寿一は、インセスト・タブー（近親間の性交渉の禁止）は、人間同様、動物にも存在することがわかってくると、そのため、人間は獣のように、親も兄弟も区別のないような性行為をし、その中からインセスト・タブーを文化的に作り上げていき、次に、制度として家族というものを作っていった、との考え方を否定した。チンパンジーのように乱交が許される社会ではなく、ゴリラのように一頭のオスが複数のメスとの配偶関係を独占し、認め合っている社会でもない、ちょうどその中間にあるようだ、と主張する（「『サル化』する人間社会」二〇一四年七月刊）。

現代社会では、同姓同士の結婚も公に承認されるようになり、複数の世代の同居は珍しく、核家族や一人親の家族が増えている。家族の在り方がかなり様変わりしている。また、性関係を持たない若者も多いという。そのような多様な変化によってイノセントも様子を変えていくと考えられる。

しかし、石坂がこれらの作品を発表した当時は、その様変わりがまだ今ほど明確にはなっていない頃である。短編二作は昭和二十八、九（一九五三、四）年、「水で書かれた物語」は同四十（一九六五）年である。

この頃から長期に経済規模の拡大によって社会のあらゆる状況が一変した。女性に限って言えば、電気洗濯機を始めとする電化製品の発達やインスタントラーメンの発売等によって家事負担が大幅に軽減され、高校進学率が男子を追い越し、社会に進出する割合が圧倒的に増加した。

家事負担の軽減は特に共働きの女性の生き方を変えた。また、専業主婦のライフスタイルも変化した。結婚も恋愛が主流となり、核家族化が進んだ。さらに、謝国権「性生活の知恵」が三十五（一九六〇）年に出版されて三年間で百万部が売れて大きな影響を及ぼしたこともあって、夫婦生活も次第に変わり始める。三十三年の使い捨て可能なアンネ・ナプキンの出現は女性解放の一助となった。

まもなく、余暇を得た女性は自由を満喫するようになり、旅行その他の「遊び」に向かい、アメリカで起こったウーマン・リブの運動にも目を向ける。

これらの大きな変化が女性のありようを変化させ、性の問題にも目を向けさせたことは想像に難くない。

そういう社会情勢の著しい変化が石坂の執筆にも影響を与えたことは間違いない。例えば、昭和四十（一九六五）年八月に次のような発言をしている。

セックスの問題は功をあせってはいけないので、一歩一歩、男女がおたがいのセックスにあまりこだわらない習性を築き上げていかなければならない。観念だけが進みすぎて、実生活の裏づけが伴わないと、性生活が混乱を来たしてしまう恐れが十分にあるからだ。

普通科目の教師では工合がわるいだろうから、専門の男の医学者、セックスの心理学者が男子の学生に、女の医学者、心理学者が女子の学生に、それぞれの意義、存在について、あからさまに講義してやることだ。講義が真面目なものであるほど、男女の学生は、変な劣等感をそそられずに、その講義を、人生の大切な知恵の一つとして受け入れるにちがいない。

学校教育のつぎには、私はやはり、青少年諸君は、家庭で両親から、はにかみやテレをなくした気持で、教え、教えられるのが希《のぞ》ましいと思う。これも女子の場合は母親から、男子の場合は父親から教わるのが当然だ。真面目に教えるかぎり、きくかぎり、自分達の両親が性行為を行っているということで、不快なショックを受ける人はあるまい。

ともかく、いまの青少年には、性知識をまっすぐな姿勢で受け入れようとする傾向が明らかに見えて来ているのに、それを指導する大人の側の準備が一向に出来ておらず、旧態依然としているのは嘆かわしいかぎりだ。

（「愛と性について」『ふるさとの唄』所収）

NHKテレビが「母と子の性教育シリーズ」が昭和四十五（一九七〇）年二月十六日に初めて放映されたのをみても、石坂の右の発言がいかに重要かと知られるだろう。

ただ、そのような発言が直ちに「インセスト」に対する発言を導き出すものではもちろん、ない。まだまだ時間が必要だった。「不幸な女の巻」「お玉地獄の巻」の二作において郷里の風土と習俗に注目して近親相姦を取り上げた石坂は、その後「水で書かれた物語」において人間の性の一面と結びつけて考えることになり、それ以後は七年間にわたってこの問題を多方面から執筆することになる。先ほど紹介した研究者の発言もおそらく視野に収めていることだろう。

6 『水で書かれた物語』の位置

本文異同

「水で書かれた物語」は『小説新潮』の昭和四十年三月号から五月号まで三回連載後、四十年四月に新潮社より刊行された。その際、「あとがき」で述べるようにできるだけの推敲が加えられた。この推敲の跡を辿ることは作者の執筆意図をさぐり、作品の内容を検討する際にぜひとも必要な作業であり、逸することはできない。そこで、作品内容を検討する前の必須作業としてまずそれから手掛ける。

仮に、雑誌掲載の本文をA、単行本のそれをBとする。

(1) Aでは全三十一節から成り立つが、Bでは全三十七節に増加している。これはAで高校時代のことを述べた後に中学時代のことを語るなど時系列を無視したものを、時系列順に訂正したり（A四節→B三、五、六節）、長いものを分割したり（A六節→B七、八節、A八節→B十、十一節、A九節→B十二、十三節、A十一節→B十五、十七節、A十五節→B二十、二十一節）、新調したのは数節ごとに挟む短文「私のノートから」をB十六節に置いたぐらいである。したがって、大勢から言えば、節の増減変更は内容検討に際してさしたる影響はないと判断しても良い。

（2） 次に、こんな例が見られる。

A 「冗談じゃない。仕事と私ごとと、ぼく、はっきりケジメをつけてるよ。長幼序アリ、男女別アリ……」（三月号三百五十二頁中段九行目）↓

B 「冗談じゃない。仕事と私ごとと、ぼく、はっきりケジメをつけてるよ。……それはそうと、渡辺。共産党というのは、どうして、第三者にはわけの分らない内紛をしょっちゅう繰り返しているんだい。昨日の友は今日のテキ。分らない話だよ、まったく……」「そりゃ人間がみんな未熟だからさ。人間――すなわち日本人だよ。それに党勢がふるわないほど、内輪もめが多くなることは、民間の会社なんかとおなじことだよ。幹部の連中、もう少し、骨のある、スパッとしたやり方が出来ないものかと、ビリッカスのおれなんかでも歯がゆく思うことがしばしばだからな。しかし、ほかの政党をみていると、まだこれでも、われわれは良心的だという結論に落ちついてくる……」（百三十四頁十二行―傍線追加部分、以下同じ）

ここは、郷土出身の作家青山春美がこの町に帰郷したので、ファンたちが彼を囲む座談会を開催するが、その一場面である。渡辺というのは共産党の党員だが最近脱党した男である。Aでは政治に関する記述はさほど詳しく叙述されていないが、Bになるとこの例の他に例えば、

Ａ「労組の委員が立場を逆にしても、その云う所にはあまりちがいはない。」（五月号四十九頁下段七行目）↓

Ｂ「労組の委員が立場を逆にしても、その云う所にはあまりちがいはない。保守党の政策も革新党の政策も、国民生活の安定をはかるという点では、七、八十パーセントは同じ立場にあり、あとの二、三十パーセントの所で意見を闘わせる。」（二百十頁五行目）

というのがある。ここは主人公松谷静雄が高校の同級生で市立病院の庶務課に勤務する友人高野と一緒に釣りに行った時の会話で、高野の、組合がまだ幼稚で未熟な段階にあるという発言をうけた松谷のものである。松谷は作品全般で政治にはさほどこだわりを持っていないが、ここはそれを一歩進めたものとして注目したい。

また、松谷の発言として追加したものにこのような例がある。

Ａ「布教ということは、大威張りで、強引にやる、セールスとは全然ちがうものなのです」（五月号五十九頁下段二十行目）↓

Ｂ「布教ということは、大威張りで、強引にやる、セールスとは全然ちがうものなのです。祈伏が必要なのは貴方がた自身なのです。（ところで政治家のみなさん、戦前も戦後も、いろんな宗教が流行しては、いつともなくすたれていきましたが、こういう根底の浅い信仰が民衆をひきつけるのは、彼等が政治を信頼していない事実を裏書きするものだと思います。貴方がたのお得意の会議また会議は、人の心を無気力且つスレッカラシにするだけで、精神を浄化する役目は果せません。私は新興宗教の重役諸君に希むように、貴方がたにも、自分を謙虚の境地に近づけようと反省する孤独の夜を、ときどきもってもらいたいと思います。）」（二百三十二頁十行目）

ここでは、政治家に対する大いなる期待というか、むしろ逆の政治家へのこき下ろしに近いものが述べられる。

このように、政治に関する発言が少なかったAの本文をBでは積極的に発言している。

（3）次に、作中にゆみ子が尊敬する郷土の作家青山春美に関して。この人物は明らかに作者石坂洋次郎を指していて、その扱いには当然注意を払ったと考えられる。特に最初青山に対して否定的な見解を見せる松谷の存在に注意したい。

A「郷土出身の著名な中間小説の作家・青山春美がまた帰郷する。」（中略）「どう？　今度は静雄さんも出てみない。地方生活ではめったにないチャンスだから……」「あまり気がすすまないね。同じ郷土出身でも、葛西善蔵・太宰治等の作品は、全部といってもいいぐらいに読んでるけど、いつも、物分かりがよく、明るくって、めでたしめでたしで終る青山春美の作品は、二つ三つ読んだかぎりで、まるで興味がないんだよ」「でも、広く考えれば、そういう作家に会うのも、勉強の一つじゃないの」「行くよ。そして、サインをしてもらってくるよ」「ひねくれてんのね」（三月号三百四十五頁中段二十三行〜三百四十六頁上段十行目）↓

B「郷土出身の著名な中間小説の作家・青山春美がまた帰郷する。」（中略）「どう？　今度は静雄さんも出てみない。地方生活ではめったにないチャンスだから……」「行こう。出席して顔を見、話をきくだけで、ぼく自身は一言も喋らないだろうけど……」私がその座談会に出席する気になったのは、去年の座談会の模様をゆみ子からきいて、興味をそそられたからであった。（百二十一頁五行目）

二文を比較すると、一目瞭然である。青山に対する興味と関心が全然異なっている。消極的から積極的へと、この態度の変化が次の書き替えにつながる。

A「同時に、派手な、めでたい、人工照明の世界の明るい青春小説ばかり書きつづけて来た先生の中には、北方的な暗い要素がまだかすかに息づいている。もし私の提供する日記や手記が、その北方的なものをドッと吐き出すチャンスにでもなれば——と、考え、希むようになったのです」（五月号五十七頁下段十五行目）↓

B「同時に、派手な、めでたい、人工照明の世界の明るい青春小説ばかり書きつづけて来た先生の中には、北方的な暗い要素がまだかすかに息づいている。そういう深い地盤を読者にのぞかせないようにして、先生は、文芸時評などにとり上げられない、水割りの中間小説を書きつづけて来たのだ。もし、私の提供する日記や手記が、長い間押さえつけられて来た、暗い、北方的なものをドッと吐き出すチャンスにでもなれば——と考え、希むようになったのです」（二百二十七頁十五行目）

さらに、Aの十二節（三百二十四頁下段～三百三十二頁下段）は九頁にも及ぶ長いもので、これがBになると、十八節（七十八頁～九十五頁）に置き換えられるものの、内容はかなり手を入れられていて、それぞれを紹介するわけには行かないが、青山に関する何カ所かの描写は好意的に変更されている点を指摘したい。一点だけ紹介する。

ゆみ子のハスキーな声の朗読が、抵抗感なく私の胸に沁み入って来たところをみると、それはたしかに充実した内容があるもので、うわべだけ飾った空疎な美文でないことはたしかだった。いや、そればかりではない。ゆみ子の朗読を聞いて、一度は私もそこを読んだことがあり、しかもその時はあまり深い感銘も受けなかったことを思い出して、さすがに青山春美は、恋愛や夫婦生活の体験者であり、文筆を業としているだけに、私などよりか一段と深い読みをしていることを思い知らされた。（B八十八頁八行目）

（4）推敲の跡が著しいものが二点ある。その一は性的表現に関して。その一は私（松谷静雄）と妻（橋本）ゆみ子、松谷静香とその情夫の橋本伝蔵というこの物語の主要人物がかかわる主筋を強力に推進するためのものである。
性的表現に関して見てみたい。まず、

A「そんな罪ふかい感じを受けたのは、ニキビ盛りの高校生のころ」（三月号二百九十一頁中段十四行目）↓
Bそんな罪ふかい感じを受けたのは、MAS……にふけるニキビ盛りの高校生のころ」（九頁五行目）

次に、

A「そうしておくれかい。ほんとにすまなかったわねえ。……それにおかあちゃんが」（三月号三百九頁下段十行目）↓
B「そうしておくれかい。ほんとにすまなかったわねえ。……静雄、お前の手を貸しなさい」母は私の手をとらえて、自分の股ぐらに曳きこみ、毛深い下腹部のあたりにさわらせて、「ホラ、お母ちゃんは女だから、お前が指でつくったものがちゃんとありますよ。……世間の云うことなど、気にかけないんだよ。お父さんが……お父さんが……」／それぎり母は口をつぐんだ。父について、母が何を云おうとしたのか、とうとう未だに私にはわからずじまいだった。（四十八頁六行目）

さらに、

A「枕屏風にも、そんなたぐいの絵や川柳の色紙がはられてあった」（三月号三百十六頁下段十行目）↓

B「枕屏風にも、そんなたぐいの絵や川柳の色紙がはられてあった。川柳の色紙の一つに（炬燵から猫もあきれて顔を出し）というのがあったのをみても、伝蔵のザツな神経の一端がうかがえると思う」（六十二頁十七行目）

また、

A「こんな調子の話をしながら、ゆみ子と私は、三日にあげずに会っていたのである」（三月号三百四十五頁中段二十行目）↓

B「話がつきると、ゆみ子はよりかかって接吻を求めた。私の膝にゆみ子がのって……。二人で抱き合って畳に寝ころんで……。まじかで見る人間の目は、無限をのぞかせるように、奥が深く、それ自身が一つの世界をなしている……。ゆみ子は、私の片手をひっぱって、毛深い下腹部のあたりにさわらせた……。でも、結婚式あげるまで、私達の間には、男女の営みがなかった……。」（百二十頁十六行目）

そして、

A「テカテカ禿げた頭・頭・頭……。人間は、男も女も差別なく、一と山三文《さんもん》の値うちしかない生き物に見えた。」（四月号七十四頁下段十七行）↓

B「テカテカ禿げた頭・頭・頭……。陰毛を想像させる、女子行員達のあかく黒く盛り上げた髪、髪、髪……。人間は、男も女も差別なく、一と山三文《さんもん》の値うちしかない生き物に見えた。」（百九十六頁十二行目）

A「今夜は風呂で、毛深い股ぐらを洗い清めて、きれいな身体、きれいな心で眠るんだぞ……」（四月号七十八頁下段十行目）↓

B「今夜は風呂をわかし、毛ぶかく、くさい股ぐらを洗い清めて、きれいな身体、きれいな心で眠るんだぞ……」（二百三頁十五行目）

これらはいずれも性器をめぐる表現で、やや露骨なものも含まれる。これらを欠いても作品の進行にそんなにも影響がないと考えられるが、どうしてこのような書き加えを行なったのか。おそらく、次の異同に見られるように、これは、主要な四人の人物に関する物語であり、それを充実・強化する補助として、これが必要だったのではないか。

（5）　それでは、推敲の跡が著しいものの二点目について見る。まず、静雄の父松谷高雄が亡くなった際の一切を伝蔵が仕切ったことに関して、

A「すべて橋本伝蔵が進行係を勤めた。そして、それが、世間の人々に、あまり不自然な行為に思われなかったのが、不思議と云えば不思議だ」（三月号三百二十頁中段二十行）↓
B「すべて橋本伝蔵が進行係を勤めた。そして、それが、世間の人々に、あまり不自然な行為に思われなかったのが、不思議と云えば不思議だ。そう感じさせるものが、父にも母にも伝蔵にも、三人の関係の上にも、少しずつあったのであろう。」（七十頁十二行目）

この追加は、全体を主要四人物の物語にしたい作者にとってその理由づけの一点として書き加えたいと考えたのだろう。

A「私も馬鹿正直にはなり得なかった。いや、勇気がもてなかったというのがほんとうの気持ちであろう。」（三月号三百四十二頁上段二十四行目）↓
B「私も馬鹿正直にはなり得なかった。いや、勇気がもてなかったというのがほんとうの気持ちであろう。母と結んだ私が、妹と結ぶことになんのためらいがあろう……。」（百十五頁十一行目）

ここでは、最初にゆみ子と私が異母兄妹であることを伝蔵に抗議しようと思ったものの、それをためらい、書き直し後のように訂正された。そのことに自分の行為と判断を言いきる決意が示されている。「私」は近親相姦に対してなんら違和感を持たないのである。かなり強引な言い方であるが。

A「貴方がただから云ったんです……」「水洗式に慣れない私共には、実感がありませんが」（三月号三百五十六頁中段七行目）↓

B「貴方がただから云ったんです。それにしても、一茶、犀星、私、みんな雪国が郷里です。深い雪におおわれた郷里と、そこで生れ育った人間との間には、独特の根ぶかい魂の結びつきがあるんでしょうね……」「それは水洗式に慣れない私共には、」（百四十五頁三行目）

ここの加筆は作品の後景として「作者」が実感していることを正直に述べたものであろう。

A「青山春美がそこにいる！　お前よ！　松谷静雄よ！　お前は同じ血を受けついでいる異母妹と結婚することについて何の悩みも感じないのか。しかり！　そういう感覚や心理が麻痺したところに、松谷家一家の生きる地盤があるのだ。別に云えば男であり女であるという以外は、おたがいの関係を気にしない良心（これは人間が便宜にこさえたものにすぎない）以前の世界で私は生きているのだ――」（三月号三百五十九頁上段七行目）↓

Ｂ「青山春美がそこにいる！　お前よ！　松谷静雄よ！　お前は同じ血を受けついでいる異母妹と結婚することについて何の悩みも感じないのか。しかり！　そういう感覚や心理が麻痺したところに、松谷家一家の生きる地盤があるのだ。別に云えば男であり女であるという以外は、お互いの関係を気にしない良心（これは人間が便宜にこさえたものにすぎない）以前の世界で私は生きているのだ。父も母も私もゆみ子も橋本伝蔵も……」（百五十一頁十二行目）

この追加の前の部分は、それまでの自分の行為に対する理由づけとして重要なものであるが、それに加筆することによってその行為は同様にこの四人に全て通用すると考えることだ、と指摘する点がいっそう重要である。

Ａ「ああ、夜おそく一人ぎりでいるとこの家がシュウシュウと哭《な》くのが聞える！　父か？　母か？　それとも地球の哭き声かしらん……」（三月号三百五十九頁中段十三行目）↓
Ｂ「ああ、夜ふけに一人ぎりでいると、この家がシュウシュウと哭《な》くのが聞える！　父か？　母か？　それとも未来のゆみ子か？　私か？……。」（百五十二頁十二行目）

この異同は、前者の漠然とした記述よりも将来の二人が自害することを予告するような記述としてより重要性を帯びている。

A「それどころか、男の精分が身体につぎこまれるおかげで、目の色も皮膚のつやも一段と冴えて、美しく成熟して来たのが感じられる。」（四月号五十七頁上段十一行目）↓

B　それだけゆみ子は、私の精分を吸いこんで、美しく成熟し出したのだ。しかも、普通の夫婦と異り、同族の血液が混じり合うせいか、ゆみ子には、人をハラハラさせる、異常な魅力が滲み出るようになった。一つ調子が狂えば、精神病者の容貌にもなりかねない……。」（百五十八頁十二行目）

ここは、結婚による変化を語っているが、Aはごく普通の理解を示すものの、Bに書き直されると、静雄自身の経験が付与される。なぜならこの段階でゆみ子はまだ兄妹の事実を知らないので、あくまで彼だけが知る理由である。

A「ゆみ子としては、自分が火の性分であるだけに、水の性分である私を本能的に選んだのであろう。」（四月号五十八頁上段二十四行目）↓

B「ゆみ子としては、自分が火の性分であるだけに、水の性分である私を本能的に選んだのであろう。いや、きっと深いところで、何物かの絶大な意思が作用していたのであろう。」（百六十頁十四行目）

これは、今後展開する兄妹による「出来事」を示唆する記述になる。これがなければ単なる結婚の理由づけでしかない。

A「「ぼくはウソをついてるという顔だわ、貴方のいまの顔は――。やっぱり、おかあさんの死因は知らないことにしておくわ」「好きなようにしなさい」「――貴方はどうして死ぬつもり？」」（五月号六十一頁下段二行目）↓

B「「好きなようにしなさい」私は自動車事故で病院に入っていて、やっと意識が回復したとき、私と母のあいだにあった「行為」をゆみ子に話したのかどうか、ハッキリした記憶がない。ゆみ子がそれを知ってるような気もするし、ただ疑ぐってるだけのような気もして、その話が出るたびに、私はあいまいな受け答えしている。ゆみ子もその問題で深くつっこんで来ないところをみると、知ってるにせよ疑ぐってるにせよ、母と子の間の行為と、異母の兄と妹の間の行為との間に、背徳の度合いの大きな相違はないものと思っているのかも知れない……。」「――貴方はどうして死ぬつもり？」」（二百三十六頁五行目）

この長い付け加えは、いよいよ両人が死を覚悟して実行する段階になっているだけに、重要なものと考えられる。書き直し以前のものはごく普通の会話になっているが、Bにおいて私の心理が付け加えられることによって死への道がより明らかになっている。

（6）以上の他に、人物の性格をより明瞭にしたり、老廃物について詳しく説明したりの加筆もある。
Ａ「母の成熟した女らしさに較べると、藁人形のようにお粗末なものに見えた。不意に訪れるこういう価値転換は、非常な危険を伴うものである。」（三月号三百三十三頁中段十三行目）↓
Ｂ「母の成熟した女らしさに較べると、紙人形のようにお粗末なものに見えた。そして不意に訪れるこういう価値転換は、非常な危険を伴うものであることを、いつからともなく、私はわきまえていた。」（九十七頁七行目）
Ａ「ぼくみたいなぐずはゆみ子さんには向かないと思いますが……」（三月号三百四十二頁上段二行目）↓
Ｂ「ぼくみたいなぐずは、万事に積極的なゆみ子さんには向かないと思いますが……」（百十四頁十七行目）
Ａ「貴方のウンチのあと始末をしていたら、汚ないなんていう感じがなくなったの、濡れぬさきこそ露をもいとえ」（四月号六十五頁上段一行目）↓
Ｂ「貴方の少し堅目のウンチのあと始末をしていたら、汚ないなんていう感じがなくなったの。そして、ウンチの成分ってどんなものかしらんと、掌に少しのせて、指先きで、のしたり、丸めたりしたあげく、小学生が粘土細工をするように、貴方のウンチを丸めてダルマさんや犬をつくったりしてみたの。結構、面白かったわ。濡れぬさきこそ露をもいとえ」（百七十五頁五行目）

作品内容—その一

以上、この作品における本文異同についてそのあらましを見て来た。それをまとめると、1政治や政治家に関する発言がBでは増加していること。2青山春美に関する発言が一層好意的になっていること。3性的表現がより徹底された。それは松谷静雄と妻ゆり子（旧姓橋本）、松谷静香とその情夫橋本伝蔵の四名の主要人物像をより充実させ、強化するためである。4私（静雄）や妻が絡む二組の近親相姦を肯定する方向にかきなおしていること。

次に、作品はどのように展開するのか、それを見てみる。作品の主要内容は二組の近親相姦の成立をめぐって、その展開と結末を述べることに相違ない。すなわち、松谷静雄とその母松谷静香の母子、松谷静雄とその異母妹橋本ゆり子の夫婦である。前者の母子のケースは「不幸な女の巻」（昭和二十八年）「お玉地蔵の巻」（昭和二十九年）の場合と同様であるがこれについては前章で述べた。なお、次からの引用は全て単行本に拠る。

私は眠っている母の上に、受け身の形の「女」だけを認め、私自身は、突進する「男」だけの熱い塊《かたま》りになりきっていた。……そして、男女の営みがあった……。（百三頁十三行目）

実は、母は結核に罹病して入退院を繰り返す父を相手に熱心に看病していたものの、自分のお琴の後援会長である橋本伝蔵と不倫の関係を結んでいた。しかし、父の死後、その関係はすぐさま終わりを告げる。そのことを静雄（私）は、次のように考える。

父が死んでから、私達の身辺には何もなさすぎた。こういうのは私達にとって、本来の生き方ではない。いまに何かが起る。母や私だけにふさわしい何かの出来事が……。そういう予感がときどき私の胸を脅かした。その本《もと》は母の身体の中にあり、私の胸はそれをうつす鏡の作用をしていたのかも知れない……。（七十八頁五行目）

つまり、伝蔵との関係が終了した後には自分と母との間に「何か」が起こると考えている。ある日、母は催眠剤を多量に飲んだように偽り、熟睡したふりをして、かのごとくふるまったのであり、その結果、二人の「男女の営み」が生じたのである。では、二人がこのようになる以前の様子はどうだったのか。次に見る。

二人にはそれぞれ営みに向けての方向性が備わっていたと考えられる。まず、「私」は小学二、三年の頃、母が伝蔵の情婦との事実を知ったあとは、彼女を「母」でなく、年増ざかりの「松谷静香」という一女性として考える習性がつき、小学五、六年の頃父が亡くなった後、外の門柱に「琴曲教授　松谷静香」と「松谷静雄」の二枚の表札が掲げられると、後日それを見て二人は肉体の交わりがある関係のように思われて仕方がなかったのである。

そして、「いまはそうでなくともいつかはそうなるチャンスが来る。——空恐ろしいことだが、子供の私に、そういう予感が、ある日、ある時、チラと閃いたことを、いまも私はハッキリと思い出すことが出来る」（九頁十七行）。

実は、母の性に関するサインとして「私」は幼い頃からある発見をしていた。それは、母の右耳のつけねにあるあづき粒ぐらいのホクロの存在である。興奮するとそれがヒクヒク動き出す。初めてそれを知ったのは小学六年の時である。母はそれをヒクヒクと自動させてセクシャルな表情を顔に浮かべた。

母は父を手厚く介抱したあと、耳の傍のホクロをヒクヒク動かし、セックスの匂いを漂わせて伝蔵が待つ茶室風の別棟に出かけて行った。それは父の死まで続く。この間の事情を「私」は次のように考える。


　母が、肺病やみの夫とは比較にならない、健康な肉体の持主である橋本伝蔵によって、かつてない、女の器官のもつ歓びを味わったことはたしかだろう。しかし、また、橋本伝蔵と結びついていた期間、母の女性の器官の機能が、麻痺していたのだとも考えられないこともない。なぜなら、母は自分の欲望でなく、正体がつかめない、冷酷な至上命令によって、橋本伝蔵に抱かれていたと思うからである。（六十一頁四行目）

ある日、父は、お前は私の子でないと言い、小学三、四年の頃、床屋で伝蔵と出くわした「私」はそのことを確認する。したがって、その娘ゆみ子は妹ということを知る。

ところで、三十九歳で父が死んでからは母のホクロの自動も止んだ。同時に、母と「私」は差し向かいで食事をする以外は、顔を合わせるのをなるべく避けるようにしていた。母はいっそう女らしくなり、「私」は母の中に女だけを発見していた。

ホクロが動く。ホクロが動く。そして、母はしだいに自分のセックスを剥き出しにしていく。二人ぎりでいる夜など、異様な緊張感が家の中に張り、口にバンソウ膏をはられたように、母も私も発声に不自由を感じた。針のさきで突っついても爆発しそうな悪性なガスが、日ごと夜ごとに、家のすみずみにまで浸透していく……。（九十七頁十行）

いわば、母の性は父の死とともに黒いホクロとして表面化しなくなったものの、「私」が学業を終えて一人前の社会人になると共にそれはまた表れる。また、「私」もそれに対して相応の注意を払う。そして、それからまもない晩春初夏のある日、思い立った母が父の墓参りに誘う。和やかな墓参りだったが、それが終わった後の母との家庭の雰囲気は加速度で調子が狂い出す。「私」はますます牡に、母は雌になっていく。その四、五日後、勤務先の宴会で深夜帰宅した「私」は「眠っている」母の耳のホクロがヒクヒク動いているのを確認する。そして、その後、前述したような「行為」に及ぶ。その三日後に母が梁に紐を下げて縊れて死んだ。母は遺書を遺していた。

そこには、こうなることは前々から分かっていた、自分が死ぬのはお前とのことが原因ではない、誰かから課された私の生きる力が尽きたからだ、生きる役目がすっかり果たされたからだ、私が首を吊る気になった心理、それを書けば書くほど、私の場合は、真実から遠ざかっていくばかりです。でも、お前には、いつか、お前の身体でそれが納得できる日が来るでしょう、私とお前は、女であり、男であるという以外には相手を感じることが出来ない。自分の息子から女の肉体を持つ喜びを与えられた。静雄よ、お前の義務を果たし終えたと感じるまで…。今の私のような気持ちになり果てるまで、生き抜きなさい――大凡このようなことが記されていた。

この遺書は、母が持つホクロや「私」が感じた「家中の緊張感」の意味などが素直に語られている。ここでは、母は性に関して非常に正直であり、素直に身体に表現できることを示している。元々母は「行き当りばったりの開放的な好人物」（四十四頁十行目）で「同時に相反した真実をつくり出せる生れつき」（六十二頁四行目）であった。そんな母の不倫を知った「私」は曇りのない気持ちで母を愛することができた。それはある程度に自分を客観視する修養を積んでいたからでもあった（六十三頁十三行目）。

こうして見て来ると「私」と母の性交渉は、肉親という血縁を一切離れて純粋に男と女の関係で生じた。それを「私」も母も可能にしたと言える。

一体、この親子に親子の意識がなかったのか。性交渉に際してそれが障害にならなかったのか。それぞれが子供を、そして母親を好きなことは確かである。しかし、それ以上に相手を異性として見ていた。このことを押さえたい。

小学生の頃、母の不義を友人に揶揄われた「私」がそれを母に告げると、彼女は「私」を打擲した後、「私」の手を取って、自分の陰部に触らせる実地教育をする。これは、単行本で新たに加筆されたものだが、さておき、当時としてもかなり進歩的な性教育だった（本書百六頁参照）。

このように母は性に関してはかなり陽性で開放的だった。その一つの証が先に述べたホクロである。夫が性に熱心でなかったために不満が溜まり、それが橋本伝蔵を受け入れる要因の一つになったが、夫の死後、性の欲求がぴたりと停止し、ホクロも動かなくなった。しかし、就職した「私」が次の対象になる。

一方、「私」は小学生の頃から性に目覚めていた。大学へ進学してからは橋本ゆみ子と交際し始めたが、性の方は単行本で加筆されたように、ペッティングにとどまっていた。外には交際する女性がいなかったようだ。

したがって、帰宅すると、母を身近な女性として見ることとなり、その挙動に一々注目する。ホクロの動きも当然気づく。

二人の間には一触即発の状況ができていて、ついに「私」の方があの夜に実行に及んだのだが、母もその機会に応じるべく用意周到な準備をしていた。

もちろん、その前提として母と「私」の人生についての考え方を把握する必要がある。「私」は親子等の肉親について次のような考えを持っている。

私には、親子・夫婦・兄妹などという関係は、世間の認定があって成り立つもので、その認定がまるでない私とゆみ子の場合、私はゆみ子の上に一人の女の要素をより強く感じていたとしても、私の感じ方が変態的だとは云いきれないような気がしている。（八十一頁一行目）

ここにあるように、ゆみ子も母も「私」にとっては同様に親子や兄妹の認定が及ばない関係なのである。さらに「私」は「子供のころから、命に執着しない人間」であり「生きる歓びに酔えない人間」（二十一頁六行目）である。また、「生得の劣等感」の持ち主で、「欠点の多い人間に牽かれる性質」（四十四頁十行目）を持っていた。また、父の死を純粋な気持ちで悲しむことができたものの、どうしても泣けない「かたくなな、ひん曲がった性格」（七十一頁七行目）の持ち主でもあった。

このように、「私」の性格や生き方をある程度把握できるが、母は「どんな場合環境、身分に置かれても、身心の欲望を満たすことは認められるべきだという、迷いのない、開放的な信念で生きている女」（三十五頁五行目）である。つまり、「私」は、性に関していわゆる社会（世間）の常識や約束、法律等に縛られないという考えを持っている。それに基づいて母との行為がなされていたと見られる。先に見た彼女の遺書に「私とお前は女であり、男であるという以外には相手を感じることが出来ない」とあるように、母も同様な考えの元に行動したと考えられる。

作品内容―その二

次に、異母兄妹の場合を見る。

大学生の「私」は橋本伝蔵の次女ゆみ子と親しくしている。短大二年の彼女は文学が好きで、町のサークルで活発な活動をしている。中学生の頃から母のところへ出入りしていた彼女が異母妹であることは、母と「私」より知らない。先に見たように親子・夫婦・兄妹などの関係は世間の認定があって成り立つもので、その認定がまるでない「私」は、ゆみ子に対しても兄妹の域を越えて交際している。彼女は人目に立つのが好きで、頭もよく、はきはきした物の言い方を好んだ。先に見た本文異同の例を見ても知れるように、性に関しても積極的である。

　この時点で「私」は兄だということをゆみ子に知られていない。だから、交際は非常にスムーズだと言える。しかし、それが発覚したらどうなるか。

　そのきっかけは、ゆみ子の父伝蔵と「私」が同乗する乗用車が事故を起こし、二人が同じ個所を怪我した。偶然二人が並んでベッドに伏せっていた時である。しかも、それは母の一周忌が過ぎて結婚式を挙げた後のことである。様々な問いが彼女から発せられる。

「貴方、私達、兄妹なんでしょう？」
「貴方、いつからその事を知っていたの？」
「貴方のおとうさまも、おかあさまが、私の父の子――貴方を生んだということをご承知だったの？」
「父が私を貴方に嫁入らせようとした時、貴方は罪の意識を持たなかったの？」

（百七十六頁四行目）

矢継ぎ早に放たれるこれらの問いに「私」は少しも動揺することなく淡々と答えていく。もともと「母と結んだ私が、妹と結ぶことになんのためらいがあろう」（百十五頁十二行目）と考え、「私自身が、うっかり、二人の血縁を忘れかけたりしているほど」（百十六頁二行目）だともいう。初夜の時も「まともな男女の営みの歓びのほかに、私の方には、更にコカインかモルヒネが作用している刺激が加わっていた」（百五十五頁十行目）と考えるほどである。それには、結婚に際して伝蔵の抵抗し切れない、大いなるものの意思を感じ、その感じがゆみ子を好きだという熱情を燃え立たせたことも作用していたとも言う。

さらに、「私」は、彼女に子供の頃から事実を知っていた、と打ち明け、両親もその事実を知っていたと答え、結婚に際しても「罪の意識」を持たないと述べる。

そして、「ゆみ子、お前はたったいま私の所から去っていくかね」との問いに、彼女は「一緒に暮らすわ」と答える。その理由は、「大昔は異母の兄妹が夫婦になることは珍しくなかったし、貴方を愛してるから」である。その後の夫婦の生活は、彼女が一層烈しく求めるようになり、今まで「私」だけにあった性交プラス・モルヒネ的刺激による陶酔が何倍にもなって、「私」達の心身をすり減らしていった。

しかし、「私」は子供の頃から命に執着しない人間であり、生きる喜びに酔えない人間だった。また、ゆみ子との結婚で「私」は次のように考える。

この結婚で、私はまた一つの難ずかしいハードルを越えたのである。あといくつのハードルを越せば、私はゴールに飛びこめるのであろうか。永遠の休息が待っている私のための

ゴールに……。（百五十七頁十行目）

つまり、命に執着せず、生きる喜びに酔えない「私」は命の終焉に向けての時間を冷静に認知することが可能だったのである。それに向けての一つのハードルが結婚だった。

結婚後三年が経過する。新婚の家庭には毎夜のように来客があった。それがない夜は二人にとって次第に辛いものとなる。ゆみ子の男友達も自由に出入りしていたが、初秋のある土曜日、「私」は泊りがけで山奥に渓流釣りに出かけた。ところが、勤務先の銀行の急用で呼び出されて町へ戻り、帰宅した。すると、そこには知り合いの村田三造という男が泊まろうとしていた。

この出来事は「私」にとって一つのハードルを飛びこえた気がするようなものであった。

このハードルの問題は、ある事件を契機にさらにもう一つ飛びこえることになる。銀行を支配する副頭取の山崎の指示で「私」が異例の特別昇給をし、それが銀行内で大騒ぎになる。行員達の憎悪や嫉妬が「私」への投書となり、総数五、六十通にもなり、山崎がその執筆者の割り出しにとりかかった。このことがそれを指す。

さて、その理由をゆみ子が突き止める。それは、山崎と親交のある人物が「私」の二年内の死を予言したことだと判明する。

その理由を耳にした「私」は次のように言う。ゆみ子との対話を引く。

「副頭取の友人が占った運勢の話、貴方、不快じゃないの？」

「いいや、人間は死ぬに決ってるものなんだから……。そのせいで特別昇給があったのだとすれば、副頭取のヒューマニテーなど、かえって迷惑だよ。自分に定められた人生に一つのシミをつけられたようで……」

「貴方が死ぬの、私、イヤよ。二度と貴方のような夫をもつことは不可能なんですもの。異母兄と夫と、二つの素材を兼ね備えた人をね。（中略）太い大木が一本はえていて、途中から枝が二つに分れて伸びていってるの。一本は男の顔、一本は女の顔の枝なの。私達の関係ってそれに似てるような気がしているの。……貴方、死んじゃ、イヤよ……」

「でも、たしかにぼくは二年内に死ぬよ。病気で死ななければ、母のように自分で命を絶つことになろう。ぼくの生きる勢いがしだいに消耗しつつあることを、ぼく自身が感じるようになっているから……。お前もつまらん慰めなどは云わないでくれ」（二百二十四頁十一行目～二百二十五頁五行目）

ここには死に対する二人の考え方が述べられている。着々と死に対して認識を深める「私」に対して、ゆみ子は夫の死を望んでいないが、自分の死に関してはまだ意思表示を明白にしていない。

ところで、この作品を書きつづけて来たのは青山春美に日記や感想文を提供した松谷静雄だが、作品中で松谷がこのように述べている。

私が客観的な手記を記すのをやめて、ここでは主観的な記録をしたためようとするのも、私はいまや（永遠ほど年をとりすぎた）と感じるようになったからです。（二百二十九頁九行目）

この引用の後、松谷はギッシングの「ヘンリー・ライクロフトの私記・秋」の一節「自分の生涯は終った」を、現在最も自分の気に入った文章だという。

今日、黄金色にまばゆい日光の中を散歩していると――秋もたけていく暖かい静かな日であったが――自分の胸にふとあることが思い浮かんで来たので、自分は歩みをとめて、一時は茫然と我れを忘れるばかりであった。「自分の生涯は終った」と自分はひとりで云ってみた。疑いもなく自分はこの単純な事実を以前から自覚していたはずである。それは自分の瞑想の一部となり、しばしば自分の気分に色づけて来たのであった……。（二百二十九頁十五行目～二百三十頁二行目）

この「自分の生涯は終った」という言葉に彼は同感する。

その後、ゆみ子は静雄が少しずつ自分から離れていっている気がすると言い、自分が一人切りになるのは絶対イヤだと主張する。貴方が死ねば、私も一緒に死ぬと述べ、子供は先天的な不妊症で出来ないと告白する。つまり、二人の子供について、静雄の方はもちろん最初から考えに入っていないが、ゆみ子の方も養子を取るなどの提案も浮かばずに最初から眼中にないことが判明する。その後、二人は死の方法について話し合う。「私」は青函連絡船からの投身を主張する。後の始末が楽だし、死体も上がらないだろうからである。ゆみ子も賛意を示すが、「私」は、お前はまだ死なないと一度は否定する。

そして、十月下旬のある晴れた日の午前、二人は家を出る。その夜の青森発の連絡船に乗って、深夜の津軽海峡に身を投じるためである。浅虫温泉で入浴し、食事を済ませた二人は乗船する。

さて、甲板に出ていよいよ行動に移そうという時、ゆみ子がトイレにいく。「私」はそれが彼女の決別の言葉で、彼女が帰ってきて「私」の姿が見えないことを確認した時、彼女を誘う不自然な力が消え去って、もう一つの重い義務感だけがその瞬間から彼女を支配するようになると考える。「ゆみ子よ！　耐えよ！　忍べよ！　生きよ！」と、片足を最後のハードルである甲板の欄干にかけた「私」は呼びかける。

このような結末だが、それでは「私」とゆみ子はその死についてどのように考えていたのかを次にみる。

「私」の方は母の死の場合とさほどの差があったとは考えられない。結婚によって一つのハードルを越えたと信じる「私」は妻が異母妹だということも全く気にせず、性を楽しむ。しかし、日日が経つにつれて「屋根の低い、古びたこの家に沁みついた、一種の陰惨な憑き物は、どうしても拭いきれなかった」（百五十七頁十四行）のである。

そんな生活も妻が異母兄妹だと知ってから一変する。「私」はさほどでないにしても妻の場合、落差が大きかった。妻はより烈しく「私」を求めた。しかし、「私」は着実に死を求めるようになったのである。

ところで、青函連絡船の上から「私」が飛び降りようとした時、不在の妻が戻った時にどのような行動を取るか。「私」の後を追うのか、生を選ぶのか。平松幹夫は後者を採用するが（『石坂洋次郎　現代日本文学アルバム』昭和五十五年　学習研究社）、前者の場合もありうるだろう。

なお、これも本来の記述から外れるものだが、事故で夫が入院中にゆみ子がその大便を始末していた時のことが単行本に加筆された部分である。本文百十四頁ですでに引用した。

糞尿に対するこのような好みはいずれ後の石坂文学に登場する。その意味で早くもここに現れることに注意したい。

その評価

さて、二つの近親相姦を扱った『水で書かれた物語』は、これまで見て来た性を扱った石坂の戦後の作品「わが愛と命の記録」（昭和三十五年五月）「老婆」（改訂　昭和四十年十月）等と比較すると、単行本「あとがき」にあるように、その問題を本格的に取り上げたものである。

それでは、その試みは成功したのだろうか。

「本文異同」で見たように政治や政治家についての発言が単行本では増加している。しかし、これは果して必要だったのか。「私」はそれらとは全く無縁の人間であり、その批判的言辞は逆に作品に異物感を増してしまうのではないか。

郷土出身の作家青山春美についての発言も単行本では増加し、彼に対する評価も高くなっている。彼については橋本ゆみ子が好意を寄せて、座談会を催したりする。彼女は「私」が彼に好意を抱いていないことを知っていて、最初は座談会への出席も促さないでいたが、その後は誘い出す。「私」は青山について十八節では座談会の様子をゆみ子から聞き、その結果、二十三節では次の座談会に出席することになる。この二十三節はかなり長文で、青山と出席者たちとの発言も多彩多様なものが展開される。例えば、同郷の太宰治や葛西善蔵に対する意見や青山の作品に対する厳しい意見等が述べられる。共産主義に対する意見も交換される。

「私」はここで、手記を彼に読んでもらって、彼の創作の材料にしてもらいたいと決心する。自分のものは絶対彼の役に立つとの自信と共に。

座談会の後で青山はゆみ子に誘われて「私」の自宅で喫茶を楽しむ。それが二十五節の三分の二である。「私」はゆみ子が買い物で席を外した間に日記と手記の話を彼にして承諾を得る。

確かに、青山の存在は、「私」とこの作品との成立にかかわる説明で必要かもしれないが、作品全体から言うと、あまりにも長すぎないか。前述のように素材は多彩で、主眼である「私」の性格や生き方がこの十八から二十三、二十五の節の間に印象が薄れてしまう。「作者」の出現に係わる部分だけに力を入れ過ぎた感がしないでもない。

ゆみ子との結婚生活は特に、「私」との兄妹の関係を知ってからは一層濃厚なものになる。「私達の夫婦生活はどう変っていったか。彼女が目にみえてより烈しく私を求めるようになったこと。いままで私の側にだけあった性交プラス・モルヒネ的刺激による陶酔が、これまでの二倍になって」（百八十二頁十四行目）二人の身心をすりへらす。
実は、この二人の夫婦生活も作者の追求するべき一点だったと考えられる。一口で言えば性の魔力というものをさらに深く言及するべきであった。これは、母との関係においてもそうである。母は遺書の中で「お前が男であり、私が女であるという以外には、相手を感じることが出来ない」と述べるが、そのことを「私」はさらに考えるべきであった。それは、「私」が「眠っている母の上に、受け身の形の『女』だけを認め、私自身は、突進する『男』だけの熱い塊り」を認知するが、その場合の「男」と「女」の実相についてより確実に考察することが求められたのではないだろうか。
平松幹夫は「解説」（「石坂洋次郎文庫18」昭和四十二年九月）の中で次のように語る。

作者は最初から読者の存在を無視して、純粋な意図を一貫して貫き通すべきではなかったかと思う。そうすれば、人間の原罪に肉迫するようなもっと強烈で、底知れぬ作品にもなり得たのではあるまいかと思える。中途半端な妥協が、観念に敗北する結果を招いた憾みが深い。

この文章だけでは、「純粋な意図」とは何なのか、「人間の原罪に肉薄する」とはどういうことなのか、は一切明らかではない。言及がされていないからである。しかし、今まで指摘したいくつかの点がそれに含まれるに違いない。

また、竹内清己は「『水で書かれた物語』—名のりと墓碑銘」（平成十二年九月『國文學解釈と鑑賞』）において、この作品の主題は「自己揶揄の自虐」と「自己弁明」と「揶揄された中間小説への批評に対する」石坂への復権、という。

確かに、十八、二十三、二十五節等における「作者」への言及は目立つものである。しかし、先にも指摘したように逆にこれらの記述が本来の執筆意図の妨げになっているとも考えられる。このように考えて来ると、この「水で書かれた物語」は「あとがき」で述べるように石坂のこれまでの中間小説の「ところどころにのぞかれる暗い地盤を足蹴にして書かれてきたもの」であろうし、「今後、二度三度と軽々に試みてはならない筋合いの作品である」かも知れない。

しかし、今まで見て来たように、石坂は逆にこれを書き終えてこの「近親相姦」が持つ問題の大きさや深さ等を感じ取ったのではないだろうか。また、男女の性の問題を当初から深く認識しない松谷静香と松谷静雄の存在を改めて考え直す必要を感じたのではないだろうか。それは、開放的な性格で同時に相反する事実を作り出せる性格の母、命に執着せず生きる喜びに酔わない劣等感の持ち主である息子、というそもそもの設定に問題があったのではないか。とするならば、今後はそういう限定的でない男女による近親相姦の展開を石坂は考えようとしたのではないか、と考える。

7 『飈風とざくろ』『花と果実』『だれの椅子?』をめぐって

『飈風とざくろ』（昭和四十年五月二十三日〜同四十一年三月十日全二百九十回『読売新聞』同四十一年四月講談社刊）『花と果実』（同四十二年八月『群像』同月講談社刊）『だれの椅子?』（同四十二年九月〜同四十三年六月『週刊明星』同四十三年六月集英社刊）は、いずれも石坂の『水で書かれた物語』（同四十年四月刊）以降の長編小説であり、それぞれ、ある特色を持つ。それはそれ以前の石坂文学の代名詞ともいうべき「青春物」である。しかし、『水で書かれた物語』以後はこれと類似の傾向の作品を発表して『女そして男』（同四十七年五月刊）を最後の作品とする彼において、この三作がどういうものなのかを見て置くことも意味があろう。

『飈風とざくろ』について

これは葬儀社を営む桑田直吉と妻ゆみ子、その子英子（長女大学一年）貞三（長男）六輔（次男中学三年）、産婦人科医院の坂本信太郎（六十五歳）と妻房子（五十五歳）、その子一雄（長男大学三年）二郎（次男大学一年）けい子（長女高校三年）、桑田ゆみ子の兄高田謙吉（新聞社論説委員）と妻直子（元芸者）、医者山崎英五（教師時代の桑田の教え子）と田村民子（山崎の婚約者）——以上を主要人物として展開する。

それぞれの家業についての紹介があり、その意義が説明され、それに基づく妻ゆみ子と房子の家庭に対する考え方や教育論、子育て論が展開され、高田謙吉の戦争体験が語られ、初の中国旅行をめぐる様子が提示され、妻直子をめぐる芸者の在り方や意義等が語られる。また、医師としての山崎の生き方や、民子の奔放な生き方からまっとうな生き方への変わりようが述べられる。これが全体のあらましである。

しかし、何といっても全編を貫くものは英子と二郎の恋愛である。そもそも英子が一雄と交際していて、その彼が冬山で遭難死するというスタートが衝撃的である。二人はまだ肉体的には無交渉だったが、その寸前まで進行していた。そういう二人にとって片方が欠けるというのは、ショックである。いかにしてその衝撃から彼女が立ち直るのか立ち直れないのかというのが、作品を読み進む者の興味の関心になる。

作品は五～六年の時間を描く。この間、柔らかな印象を与える容貌だった二郎が建設会社に入社後、現場に出て、すっかり色黒で逞しくなった姿に英子は驚く。彼女もテレビ局に入社してまもなくディレクターとなり、局アナの道も勧められる。

そういう中、終に英子は一雄への思いを完全に断ち切って二郎と結ばれる。その陰で愛を育てていた貞三とけい子の二人も結ばれる。

このような『颱風とざくろ』が「女の顔」（昭和二十三年～二十四年）のバリエーションであることはすでに指摘した（小著『石坂洋次郎の文学』）。小著においてその概略は述べているので、再説は避ける。

作者は『石坂洋次郎文庫19』（昭和四十二年十二月）の「著者だより」においてタイトルの由来を語っているが、そのことは既に本文にも次のように述べられている。

英子は、坂本家で信太郎の産科の講義があったあと、食堂で、二郎とはじめて接吻したとき脳裏に浮かんだイメージ……颱風が暗く吹き荒れる中で、赤く口をあいたざくろが一つ、いまにも吹き落とされそうに揺さぶられながら、懸命に枝にしがみついている——を二郎に話そうと何べんも思ったが、それを口外することは、相手がやがて自分の夫となる男性であっても、何か大切なものを汚がすような気がして、そのたびに口をかたくつぐんだのであった。（三百四十二頁下段十四行目）

この描写に続けて、次のように語る。

いま思い返すと、颱風は暗く烈しかったが、枝にしがみついてそれに耐えている赤い口をあいたざくろには、決して吹き落とされることはあるまいという微妙な安心感があったような気がする。ともかく、私のこれからの人生に処する重要な心構えを象徴する構図であることはまちがいない。私は、女として、妻として、母として生きていくことで、その象徴の意味するものを、自分で解き明していくより仕方がない。颱風とざくろ、それが私の人生を意味するものなのだ……。（三百四十三頁上段一行目）

ここにおいて作品のタイトルがその内容と共に初めて明確にされる。

『花と果実』について

これは、「第一章　中畑五郎の手記」「第二章　田川光子の手記」「第三章　村上のぶ子の手記」の構成を取り、それぞれ三名の手記、つまり一人称の作品になっている。

第一章と第三章の中畑と村上は、男女七人ほどでグループ交際をする同じ大学の親しい友人同士であり、それぞれ来春の卒業に向けて就職先も決定している。従って、両章で描かれる内容は従来からの「青春物」と見てもよい。

これに対して、第二章の光子は三十二歳の主婦で、二歳の男子を持つ。従って、この部分は「青春物」とは言えない。この三章は互いにそれぞれの章と内容的に関わりを持っていて、全編を通読するとその仕掛けが全て解明されるということになる。

そのきっかけは、五郎の父勘蔵が、往診もする内科の開業医で、五郎の鞄を五郎のせいで間違って持って往診に出かけた。五郎の方は間違いをこれ幸いに仲間と聴診器で戯れたりする。一方、父の方は訪問先の主婦に揶揄われて迷惑する。もっとも、父が先に間違えて持って行くこともあったりするなど、両人の性格はよく似ている。

五郎が間違えた鞄には父が患者から預かった手記が入っていて、五郎の留守中に中身をあけたのぶ子がその手記を読んでしまう。

その患者が田川光子である。第二章の手記は、光子の生い立ちから学生時代、さらには就職して服飾デザイナーの店を持ち、結婚し、姑と同居することなどを述べる。光子は内的衝動に駆られて手記を完成させたのである。

偶然、電車の中で、光子親子と五郎、のぶ子達が同じく乗り合わせて、互いに興味津々のやり取りをする。五郎の記憶には全く欠けているものの、かつて光子と五郎は偶然ホテルで男女の関係になりかけた経験を持つ。その時は、五郎が男性の役割を果たせずに終わるのだが、五郎が記憶を喪失しているのに対して、光子の記憶にはその仔細がしっかりと残されている。

さて、そんな経験を持つ二人をのぶ子は丁寧に観察して、五郎と自分は性経験を持つことが必要だ、五郎を回復させるのに必要だと判断して、自宅へ彼を招待してその思いを遂げる。その顛末を語ったのが第三章である。

従って、この作品は「光子の手記」を偶然読むことになったのぶ子と五郎の性の初体験を述べたもので、同時に光子という女性の性体験を語ったものということになる。

光子の性体験は五郎とのことだけではない。

彼女は裕福な家の長女に生れたが、父の女遊びが原因で、母が下宿生と関係して生んだ子であった。その経緯を彼女が高校三年生の、母が肺がんのため四十三歳で亡くなる時に本人から知らされる。

彼女は高校を出ると、東京の服飾専門の短大に入学するため上京して父の知り合いの家に下宿することになったが、そこの娘の夫佐子とは彼女が「主」で、夫佐子が「従」のような関係ができてしまった。しかも、二人の関係はいわゆる同性愛として実る。とはいえ、光子は二人の間に「何物も温め、濁らせることの出来ない、細い冷たい一と筋の流れが存在しているのだという意識を、夫佐子が忘却しきれないようにはたらきかけていた」。「率直にいえば私と夫佐子はしばしば寝床を共にしたが、パンティを脱いだことは一度もない」。光子は「自身のように冷たく、頭がきれて、興奮せず、自己本位な（少しはカモフラージュしてるかも知れないが）生き方しか出来ないような女」であり、父が「お前のように、底の知れない感じの女にぶつかったことはない」と言ったほどである。

そんな彼女は短大を終えその後の研究科も修了すると、小さな店をオープンした。最初から弟子を二人も取って経営に乗り出した。店は繁昌して、二十七歳の時に貿易会社勤務の田川真吾と結婚した。彼は三十歳であった。彼は父を失い、母と二人暮らしである。母も同居した。新婚生活は諸種の事情から光子の自宅からスタートした。

結婚の翌年に長男健一が誕生した。その頃から、光子は夫が「ママ！……ママ！……」、義母が「真吾！……真吾！……」と寝言をいうのを耳にするようになった。それは子供が母を呼ぶ声ではなく、異性を呼ぶ声音であった。これを聞くようになって光子は次のように結論づける。

私は一時的に強い不快なショックを受けたが、それはあいまいなものの正体がハッキリしたという要素の方が多いもので、姑と夫の間の行為が不倫だという常識的な正義感から発した要素は少かったように思う。私は、結果的には、姑にも夫にも、あとまで意識にこびりつく不快な感情をそそられなかった。私は人々があちこちで妥協しながらつくり上げた社会契約というものを、内心あまり重んじる気持をもたなかったからだろうと思う。原始のころ、父と娘・母と息子・兄と妹は、ただ男と女の関係でしかなかったものだという。そして、表面の文化がどんなにすすんでも、原始の存在は消滅せずにどこかにひそんでおり、何かの機会に、何かの形で、その存在を現わすのではないのだろうか。哲学も思想も芸術も宗教も栄えに栄えながら、残虐な戦争を防ぎきれないのだ。端的に言って、人間は原始の存在から脱けきれない運命を背負わされているのではないだろうか……。(百十六頁七行目)

引用が長引いたが、光子のいわゆる近親相姦に対する考え方が明白に語られている。また、彼女の文化に対する考え方も示されている。

さて、夫は結婚後、適当に女性遊びをしているらしいが、彼女はそれに対して表面的には一度も口に出さない。いくつも理由があり、それが彼に取って最も妥当だからである。彼を可愛そうにとは思っても、嫉妬する気持ちは涌かなかった。健一が二歳になった時、彼は二年間のニューヨーク出張を命じられる。お互いに、チャンスがあったら異性の友達を持とうと口約束をする。

あと半年で夫が帰国するある日、光子はふとしたことから芸能プロダクションを経営する男と知り合い、ホテルに向かう。その男の外貌や体臭等に自身の女が目覚めたからである。ところが、彼女の所作を誤解した男が調子を狂わせたため、それは未遂に終わる。

一月後、彼女は二度目の「男狩り」をする。相手は父が医者だという男子学生。食事後、ホテルで男は不能になる。彼女は、彼を慰め、次のような事を述べて別れる。

もう私たちは二度と会うこともないでしょうが、かりに会ったとしても、貴方は絶対に私を思い出すことが出来ないでしょう。貴方のショックは強かったし、貴方の若い動物的な視線は、私の顔から、白く滑かな裸体の方に分散させられてしまったし、もうこの室を出たとたんに、貴方は私の顔を思い出せなくなっているでしょう……（百五十六頁五行目）

この大学生が中畑五郎であった。しかし、こうして、光子の「男狩り」は終了したが、夫の帰国後、電車の中で、彼女は五郎やのぶ子その他の学生仲間と偶然会う。もちろん、五郎は彼女の存在を知らないが、光子は確認できている。「手記」を読んでいたのぶ子は二人の関係を想像し、自分の果たすべき役割を認識する。こうして「第三章　村上のぶ子の手記」が展開する。これは手記を読んだ彼女が「私は彼に健全な男性である」という自信をとり戻させてやることになる。両親と兄妹も皆外出して婆やと二人だけになった日曜日、のぶ子は五郎を迎え入れてその役割をみごとにやり遂げる。もちろん、五郎も見違える程の変身を果たしてそれに応える。こうして見て来ると、この作品は「第二章　田川光子の手記」が中心のようであり、「第一章中畑五郎の手記」と「第三章　村上のぶ子の手記」はそれの補助的存在とも考えられる。光子の手記が一章にも三章にも出て来て、それをのぶ子が読むことによって以後の展開が定められるからである。

しかし、光子の存在は五郎ら大学生の青春と比較してみると異色と言える。いわゆる不倫の子として生を受けながら、学生時代には同性愛を十分に経験し、結婚後は夫の近親相姦を知りつつそれに嫉妬心を抱かず、夫の留守中には「男狩り」を体験する。このような行動を支えるのは彼女が冷たく、頭が切れて自己本位な生き方しかできない心の持ち主であり、それを支えるのは母から言われたように経済的自立を立派に成し遂げているからである。

この作品の二年前に石坂は「水で書かれた物語」を発表し、近親相姦を本格的に取り上げた。しかし、おそらく彼はそれがかなり深く大きな問題であることに気づかされた。

翌年、短編「死の意味するもの」が発表されて、同じ母子相姦が素材となった。しかし、この作品では息子が十五、六歳頃に自殺し、母も正気を失ったまま亡くなる。

そして、翌年にこの「花と果実」が発表された。ここでは同性愛、母子相姦、「男狩り」等々の性が登場する。しかも、青春物と絡めて凝った趣向と構成のもとに描かれた。例えば、先に「第二章　田川光子の手記」が作品の中心だと述べたが、小松伸六は「ひなたの〈生〉の物語である一と三の章を、ひかげの〈性〉の手記である二の章は、打ち破ることはできなかった」（『花と果実』講談社文庫「解説」昭和五十年五月刊）と述べている。

しかし、こうした「水で書かれた物語」以降の作品の流れをみると、必ずしもそのように言いきれるかどうか疑問である。

ここで、本文異同について述べたい。これは『群像』の昭和四十二年八月号（二二巻八号）に一挙掲載され、同月八日に講談社より刊行されている。その際、若干の改作がされている。仮に雑誌掲載本文をA、単行本をBとする。

まず、「第一章　中畑五郎の手記」では、A三十六頁上段から下段にかけて次の箇所が、

A「イタリーの現役作家で、日本にも二度ほど来ているモラヴィアという人がいるんだが、彼の『絶望』という小説の中に、ごく下層の女達——売春婦のような相手でないと欲望を感じない中年の男が出てくるんだ。この男、表向きは良家の娘を嫁にもらって、ブルジョアの家庭を構えているんだが、自分のセックスがそんな風だから、細君がよその男とつぎつぎに交わるのを黙認しているんだよ」（三十六頁上段十九行〜下段四行目）↓

B「アメリカの女流作家で、メアリー・マッカシーという人があり、代表作に『グループ』という小説があるんだ。内容は女子大を一緒に卒業した十人のグループのその後の生活を描いたものだが、その中の一人の女が結婚した相手は、ブルジョアクラスの男だが、ごく下層の女達——売春婦のような相手でないとセックスの欲望を感じないんだよ。それで自分の妻がよその男とつぎつぎに変わるのを黙認して、家庭の形式だけは崩さないようにしているんだ……」（六十三頁十行目）

この異同が何故行われたのか、理由を考えてもなかなか浮かばない。ストリーが類似した二作

であるものの、全く異なる作家の作品をそっくり入れ替える理由が考えつかない。ちなみに、Aのモラヴィアに「絶望」という作品の邦訳は管見の範囲では見当たらない。また、Bにおける「卒業した十人のグループ」とあるが、原作では「八人」になっている。

なお、この異同と関連するモラヴィア『絶望』が第三章にもう一度登場する。当然、そちらも訂正がある。第三章で紹介するのが順序だが、序でだからここで述べる。

A「――それは僕から尋ねたんだ。ちょうど読んでいたイタリーのモラヴィアという作家の『絶望』という作品の中に、中流階級に育った男のくせに、最下層の女――売春婦が相手でないと不能になる人物が描かれてあったからだ」「きいたようだわ。その代りその男は、奥さんがつぎつぎと男をつくるのに目をつぶって、家庭の体面だけは崩さないでいる。そういう話だったわね。お父さん、貴方の質問にどんな返事をなさった……」「心理的な要因で一時的にそうなることも有り得るだろうって……。それが君の読んだ手記に関係があるのかい?」(百九頁上段十七行目〜下段四行目)

ここは前回の記述と内容的に同じだが、次のように倍以上に書きかえられている。

B「――あるよ。ちょうど読んでいたアメリカの女流作家、メアリー・マッカシーの『グループ』という小説の中に……」/「あら、『グループ』だったら、一緒に有楽町の映画館で見たじゃないの」／「そうだったな。でも、あれには、セクシュアルな物語はボカして描いてあるんだ。中流階級に育ったみかけのいい男があって、女子大学卒業生のグループの一人が、その男と結婚するんだ。ところが、その男は、最下層の売春婦たちが相手でないと、性的に不能になるんだ……」／「聞いたようだわ、その話。大野みえ子さんから……。その代りその男は、奥さんがつぎつぎと男をつくるのに目をつぶって、家庭の体面だけは崩さないでいる。そういう話でしょう」／「それについて、未来の女流作家の大野みえ子は何か感想を言ってなかったかい」／「日本でも、男はもちろん女流作家もセックスを題材に扱うけど、四畳半に寝そべってるような姿勢で扱うもんだから、ベトついた感じでうす汚い。ところがメアリー・マッカシーは『グループ』の中で、立って青空を見上げてるような姿勢で、インポテンツや同性愛の問題をとり扱っているから、カラッとして不潔な感じがないって言ってたわ。マッカシーとかぎらず、欧米の作家たちのセックスの扱い方は、太陽の下でオープンに処理されているので、ジメジメした感じがないって……。そして、そういうことは、彼等のふだんの生活で、性行為が、日本人の場合のように、卑下された、くらがりの行為として処理されていないからだって……」／「同感だな。日本人の場合、儒教にあやまって影響された暮しをして来たせいだろうな。そのために男女の交際はいけないが、遊廓の存在は法律でも認められているといった風なゆがんだ社会習俗が出来上ってしまったんだよ。人間を侮辱した暮し方だよな」／「それよりも貴方の質問に対してお父さんはどう答えたの？」／「『グループ』の中の売春婦以外の女にはインポになるという男の場合は、病根が深いものがありそうだが、一般の男性でもなにかの心理的な要因で不能になることがあるが、それは一時的なものだって……。殊に物事に感じやすい若い男性にそれが多いんだとも言ってたな……」／そう言うのが、自分に言いきかせているふくみがあるように、私には感じられた。私は黙ってその感じに浸っていた。と、ゴロちゃんはそれをかき乱そうとでもするように、／「とつぜんインポの話なんかもち出して……。それが君の読んだオヤジの鞄の中の手記と何か関係があるのかい」（二百六頁十行目〜二百八頁六行目）

父親との会話を丁寧に述べるだけでなく、他の登場人物までにも言い及んで、かなり作品を膨らませている。

「第二章　田川光子の手記」の異同もそんなに多くはない。まず、

1　A「健一が家中のペットになったころ、」（六十二頁下段十四行目）↓

B「健一が満二歳になり、家中のペットになったころ、」（百十四頁十二行目）……傍線部は加筆部分。以下同様。

2　A「女ざかりの綾子は、夫の遺児の一人子の真五を中学生のころまで抱いて寝てやっていた――」（六十三頁上段十四行目）↓

B「女ざかりの綾子は、夫の遺児の一人子の真五を中学一年生のころまで抱いて寝てやっていた――」（百十五頁十五行目）

3　A「手記をしるしたノートを中畑先生の診察鞄に入れてやってからもう半年になる」（八十四頁下段三行目）↓

B「手記をしるしたノートを、中畑先生の診察鞄に入れてやってからもう半年以上になる」（百五十七頁十三行目）

この三点の異同は同様に、Aで多少ともあいまいな時間をより的確にしようと心掛けた結果だろうと考えられる。しかし、次は多少意味が違う。

4　A「男臭いおセンチな場面をテレビなどで見て居ますと、今日の日本はなんと進歩したことだろうと思うばかりですわ」

「奥さんは夢を持たない人だからな」

「夢なんて……はかないだけのものですもの」（八十五頁下段六行目）↓

B「男臭いおセンチな場面がテレビなどによく出て来ますわ。ああして剛健ぶって、かげではお女郎芸者を買ったり、すぐに熱がさめる左翼運動に溺れ、感傷過剰なスリルを求めて、若さを歪めて発散している。それに較べると今日の日本の若い人々の暮し方はずうっと進歩した合理的なものになっていますわ」

「合理的という奴も面白味のないものでしてな。その日暮らしで夢がない。そう言えば貴方ぐらいの若さで夢をもたない人も珍しい……」

「夢なんて……はかないだけのものですもの」（百六十頁二行目）

ここは光子と中畑医師の文化観の相違が如実に現れている。光子は単なる懐古趣味を批判し、それよりも現代の若者の合理的進歩的な生活の方を圧倒的に推奨する。そういう彼女を中畑は夢がないと見るが、彼女は、夢ははかないものと一方的に退ける。加筆した方が遥かにわかりやすくなった。

さて、以上と比較して「第三章　村上のぶ子の手記」は三章の中でも最も異同が多い。

1　A「そういった類の問答だった」（八十九頁上段十行目）↓
B「それは決して私を不快にする返事ではなかった。私自身がそういう男の生理にふさわしい存在であることを身体で感じさせられただけであった」（百六十七頁六行目）

2　A「どこかの片隅に息づいている『原始』をまざまざとかんじさせられたのだ」（百頁上段十五行目）↓
B「どこかの片隅に、鋭い爪をといで、深く呼吸している「原始」をまざまざと感じさせられたのだ」（百八十八頁七行目）

3　A「いやその予告が――暗示が、光子が述べているように、一番ゴロちゃんに利いていたのかも知れない……。」（百頁下段十六行目）↓

B「貴方はこの室を出ていくと、私の顔を思い出せなくなってしまいますと――。そして、その暗示が、光子が述べているように、一番ゴロちゃんの記憶力をにぶらせる作用をしていたのであろう……」（百八十九頁八行目）

4 A「私は黒い野蛮人のように幅広い首きり刀で、ゴロちゃんの首を」（百一頁下段五行目）↓
B「私は黒い野蛮人の用いるような幅広いピカピカ光る刀で、ゴロちゃんの首を」（百九十一頁三行目）

5 A「なし」（百五頁一行目）↓
B「もう一人のばあやは、うちに出入りしている大工の母親だが、嫁と性分が合わず、母が気の毒がってひきとって世話をしてやっているのである。骨惜しみせずよく働くが頭は少しにぶい。日蓮宗の信者である。」（百九十七頁十四行目）

6 A「なし」（百十五頁上段十六行目）↓
B「ゴロちゃんが横になると私は半身を起した。／「男のしるしって可愛らしいみたい。触ってもいい？」／「勝手にしろよ」とゴロちゃんは困った様子で顔をそむけた。私は彼の器官をそうっとにぎった。片手ではみだしてしまうほど大きく逞ましい。／「――熱いわ。体温は三十六度台だろうけど、ここだけは四十度もありそうに熱いわ。こんど機会があったら、緊張した男性の器官の体温はどれだけあるものかお父さんに聞いてみてよ。お医者なら知っているでしょう？」／「ノブコはじっさいバカなことを言う奴だな。……だが、口惜しいけど、僕にはそれが魅力でもあるんだよ。いつかオヤジに聞いてみるよ」「ほんとよ。そ

して、返事を私にきかせてね」」（二百二十頁五行目）

7
A「私は胸のあたりまで毛布をひっぱって、おたがいの身体に手をかけて、顔を見合わせた。」（二百二十頁上段十七行目）↓
B「私はまた横になって胸のあたりまで毛布をひっぱって（これも田川光子の手記に書かれてあったとおりのことを無意識に真似ていたのだ）おたがいの身体に手をかけて、顔を見合せた。」（二百二十頁十五行目）

8
A「ゴロちゃん、いま、身体の中が燃えてるようなんでしょう。不能者じゃないという自信がもてたんで……」（百十六頁上段二行目）↓
B「ゴロちゃん、いま、身体の中が燃えてるようなんでしょう。男である自信で張りきって……」（二百二十二頁三行目）

9
A「――何もかも知ってやがんだなあ。オヤジの鞄から失敬した女の人の手記を読んだせいなんだね？」（百十六頁上段四行目）↓
B「――何もかも知ってやがんだなあ。オヤジの鞄から失敬した女の人の手記を読んだせいなんだね？　でも、電車で会った奥さんのことは、僕、ほんとに覚えがないんだよ。ウソじゃない！」（二百二十二頁五行目）

10
A「ゴロちゃんは私の身体を上から押さえつけて、グスグス笑い出した。私も笑った。（百十六頁上段）↓
B「ゴロちゃんは私の身体を上から押さえつけて、グスグス笑い出した。私も笑った。泣き笑いみたいなものだったが……。つぎの瞬間、私はとつぜん自分の中に人間をけずりとった動物だけの感覚を意識しながら、大きな声で（私にはそう思われた）狂ったように呼びかけた。たぶん鬼女のようなこわばった顔をしていたのであろう。私は……。／「ゴロちゃん、私を強姦してよ。虎のように私を身体で押さえつけて強姦するのよ。何べんでも……。私の身体中を傷だらけにしてもいいわ。……強姦して……」／ゴロちゃんの顔もケダモノのそれのように反省のかけらさえも見あたらなかった。／「ああ、ノブコを強姦するよ．一かけらの哀れみも感じないで、ノブコが気を失うまで乱暴に強姦しつづけてやるよ……自分から強姦を求めるバカな女・ノブコ！　……痛いって泣き出しても、僕は滅茶苦茶にノブコを犯しつづけてやるからな」／「ゴロちゃんがそんなに野性的で、私、しあわせだわ。……強姦して……！　身体中、傷だらけにしたって構わないわよ。シーツが血で汚れたっていいの……」／「人間のメスのノブコ。僕は……僕は……ノブコを傷つけてやるんだ！　……」／それが行為に入る前の私たちの（アイ・ラブ・ユウ）の交換であった。私は私たちの言葉を生きてるかぎり恥じることはあるまい。見せかけだけの、つくりものの、通俗な愛撫の言葉のむなしさ、イヤらしさにくらべて、私たちの言葉には、生きているものの真実の一かけらがこもっていたことはたしかだ。ゴロちゃんが私を強姦する。こんなに私たちの生長を裏づける行為がほかにあるだろうか。私は私たちが合意で行為を営むという表現では不満なのだ。ゴロちゃんが（虎）になって私を押さえつけるという感じ方が欲しいのだった……。／私たちはセックスに燃える二匹の動物になりきって、ギクシャクしながら、はじめての営みをどうにかやりとげた。その間に、私は、身体のどこかに、虫歯のような痛みを覚えたような気もするが、さっき、庭でばあやと話し合った内容の一部をふっと思い出していたのかも知れない。ともかく私は、十分前までの自分とは、まるでちがった肉体の持ち主になったのだという意識が、髪の毛から足の爪先きまで、熱い湯のように吹き上げているのを感じさせられていた。／濡れた局部の始末をすると、ゴロちゃんはまた私の身体にのった。」（二百二十三頁三行目～二百二十四頁十一行目）

11 A「そして、ギクシャクしながら、私達ははじめての行為をどうにかやりとげた。私が（百十六頁上段十九行目）↓

B「なし」（二百二十四頁十一行目）

12 A「ゴロちゃんはまた私の身体の上にのった。あの重みには実存の感じがあると思った。私達は若い一つがいの動物のように、それが可能な間、愛の営みをつづけた。こんな逞しい精力がゴロちゃんの中にも私の中にもひそんでいたことに驚異の念を覚えながら……」（百十六頁下段一行目）↓

B「ゴロちゃんはまた私の身体の上にのった。あの重みには私もおそらく彼も生きている実感があると思った。抑える歓びと抑えつけられる歓びと……。私達は狂ったように、それが可能な間、愛の営みをつづけた。こんな逞しい精力がゴロちゃんの中にも私の中にもひそんでいたことに驚異の念を覚えながら……。」（二百二十四頁十一行目）

13 A「ゴロちゃんは、身体を起こし、もう自分のものになった、私のふくらみとくぼみのある上半身を落ちついた目つきで眺めおろし、それから両手をあげて、大きく背伸びをした。」
（百十六頁下段二十二行目）↓
B「ゴロちゃんは、身体を起こし、もう自分のものになった、私のふくらみとくぼみのある上半身や小さな丘がある下半身を落ちついた目つきで眺めおろし、それから両手をあげて大きく背伸びをした。」（二百二十五頁九行目）

以上、第三章の本文異同を紹介した。11を除いてはいずれも初出誌に加筆している。それはAに対して説明不足な点を補ったり（1、2、5、6、12、13）、わかりやすくしたり（3、8、9、10）、それなりの理由がある。その結果、作品はより完成度の高いものに仕上がったと言える。特に、第一、二章と比較してこの章は若い二人の性交渉が描かれることになるから、作者はおそらくギリギリの線でそれの工夫をしたはずである。

『だれの椅子？』について

三作の中でこれだけが若者向けの週刊誌に掲載された。この掲載誌のことを石坂も当然意識していたはずで、作品内容もそれに似合ったものになっている。

これは、菅原憲一と沢村恵子の両高校教師、それに後半登場する高畠次郎、その次郎を助けた後藤光子が一グループ。高校生の及川謙吉と田端千枝子、金沢正雄と北川多佳子、これがもう一グループ。それぞれのグループ内の恋愛が描かれるのがこの作品のメインである。

ほとんどが北海道や秋田から東京に出て来て都内の奥沢、自由ケ丘、代々木等に住んでいる。作品は都会と田舎の色の対比が濃く、それも魅力になっている。

この作中では、互いの間に積極的なキスや性交の場面は見られず、そうかと言ってその手の会話は豊富で作品を満たすほどである。

戦前の「若い人」以降、戦後の「青い山脈」「陽のあたる坂道」「光る海」等のいわゆる「青春物」と言われるものに加えるべきものである。

まとめ

以上、『颱風とざくろ』『花と果実』『だれの椅子?』の三作について述べて来た。「水で書かれた物語」以後、どうして『花と果実』を除いてこのような「青春物」を書いたのか、それは作者自身にしかわからないことかも知れない。一方、彼はこの間、「夫婦・この奇怪なるもの」や「首つり」や「契約結婚」や「女であることの実感」等々の短編を発表して「青春物」とは全く異質の「大人の性」を取り上げている。そして、この三作以後も同様の傾向の作品を発表して、『ある告白』や「女そして男」のような同傾向の長編を世に問うのである。

そういう『水で書かれた物語』以降の作品の流れのなかで、この三作の位置づけはどうしても難しい。しかし、先に述べたようにこれらの中で『花と果実』は「青春物」の要素を色濃く含むものの、田川光子こそ主人公であると考えると、ある程度の合点は行く。「水で書かれた物語」と同傾向のものと判断できる。彼女の性格や生い立ちは『ある告白』の主人公野口ふじ子と酷似している。因みに、同作のふじ子の父弥作が最期に自害をする時の遺書に書かれていた女性の好みは、この第一章で中畑五郎が紹介する男（本書百四十一頁参照）と同一である。

『颱風とざくろ』の発表は「水で書かれた物語」とほぼ同一であり、『だれの椅子？』が全くの読者サービスのものと考えると、「水で書かれた物語」以降の作品の流れは順当である。

8　『女であることの実感』にみる高齢者の性

昭和四十三年四月、新潮社から短編集『女であることの実感』が刊行された。この三年前、石坂は『水で書かれた物語』を刊行しており、その後、「死の意味するもの」（四十一年一月『小説新潮』）を、続いて「夫婦・この奇怪なるもの」（四十一年十一月同上誌）「首つり」（四十二年七月『別冊文芸春秋』）「契約結婚」（四十二年九月『小説新潮』）「女であることの実感」（四十三年二月同誌）というように、新しい短編を発表していた。それら短編を収録したのがこの短編集だった。掲載順に見ていく。

「女であることの実感」について

まず、本文異同について雑誌初出をA、単行本をBとする。
いくつかの大きなものが見られるので、まずそれについて紹介する。

1　Aあるいは男の側にも同じ心理があるのかも知れませんが……。（五十二頁十六行）↓
Bあるいは男の側にも同じ心理があるのかも知れませんが……。かつては、おたがい夢中になって憧れていた対象の、お役御免になった老残の姿を見せつけられて。男女とも自己嫌悪

の気分に駆られているのは仕方がないことなのでしょう。（五十二頁一行）

2　A男が女ばかりの集団の中で働くのは、男の特質を磨滅させるばかりだと思う。これを要するに若い男性は女ばかりの学校で長いこと勤務しない方がいい。しぜんに去勢されて、土地の言葉で言えば（男アネコ）型の人間になってしまうからだ。（五十四頁下段二十二行）↓B男が女ばかりの集団の中で働いていると、自然に去勢されて土地の言葉で言えば（男アネコ）型の人間になってしまうのだ。（六十一頁十六行）

3　Aモンペ姿の私達が竹槍を構えて『ヤア！　エイ！　オウ！』とつき進んでいくのは、ニワカ芝居よりも阿呆くさい光景だ。第一、ここまで戦局が窮迫すると、女達はもちろん、生き残った男共まで、今度の戦争がどうして（八紘一宇の聖戦）だったのか誰にも説明がつくまい。敗者の泣き言は道理にはならないのだ。／はじめの竹槍訓練があった晩、私は暗い家の暗い寝床の中で、もしもアメリカ軍が本土に上陸してここにもやって来たら……。荒れすさみ、女に飢えている向うの兵隊達は、昼となく夜となく日本の女を襲うであろう。もし私がマークされたら……。私は犯されても生きぬく！　死ねば生活がなくなるのだ。／目玉の青い大男の敵兵が二三人で私を抑えつけている場面を想像してみる。私は殺したり肉体を傷つけたりしないという条件つきで彼等を受け入れることであろう。生きてさえいれば、またなにかいい目にもあえようというものだから……。それに私にはまだ独立出来ない二人の子供もある。（七十五頁中段二十一行）↓Bモンペ姿の私達が竹槍を構えて『ヤア！　エイ！　オウ！』とつき進んでいくのは（アメリカの兵隊さんよ、貴方がたは長い戦場生活で女に不自由してるでしょう。私達の竹槍を素手でとり上げて、私達にのっかりなさい。負傷させるような乱暴さえしなければ、私達は貴方がたを受け入れますわ、二人でも三人でも……。私達の中のメスも長いことオスに飢えていることはたしかなのですから……）と呼びかけるのに等しいことではないだろうか。——私は訓練を受けながらそんな事をウッカリ考えたりしていた。いま思い出しても、そう不合理でも不健全でもないような気がする。（八紘一宇）（聖戦）（大東亜共栄圏）なにさ、男共の大ウソツキ！（六十一頁十六行）

これらの異同について、1はAの説明を補充したものといえる。3はAの方が具体的で説明的であろう。「私」は生きぬくことを大前提に考えており、その中には未成年の二人の子供も入っている。生きてさえいればいい目にも会えるとの楽天的面も持ち合わせる。それに対してBは、条件付きでアメリカ兵を受け入れるというのはAと同じだが、そこにとどまっている。Aの初出の方が優れていると考えられる。

なお、以上以外にも、字句の訂正や補充等の異同が多少存在するが、省略する。

この作品は、金田雪子という七十歳の、伊豆の老人ホームでのんびりと暮らす女性が作家の野島甲吉へ実作の参考にしてもらおうと自分の半自伝を送ったものである。その自伝は、彼女の結婚が決まった時と、陸軍中尉の夫の従卒熊木二等兵とのいわれない性交、戦時中の、女中の身がわりとなってその相手の米屋の主人と性交をする話の三部に分かれている。その意図を次のように「後記」で述べる。

男達のように、戦争で大量の殺人をすることで、殺す方も殺される方も一と息つくという荒事が出来ない私ども女にとって、もろいお体裁ばかりの社会契約から脱け出して、原始の生態にかえり、オスを抱く、そして彼等が殺し合った分の人間を生んで埋め合わせをする、そういう動き方のほかに何物があるのでしょうか。

では、「原始の生態」と語る三点の話の内容とはどんなものだったのか。彼女が「もろいお体裁ばかりの社会契約から抜け出し」た、それとはどんなものだったのか。

第一話は、雪子が高等女学校を卒業して、二年ほど花嫁修業をして、いよいよ結婚の相手も陸軍中尉と決まり、あと十日ほどになった頃のある夜、彼女は女学校時代の恩師篠崎先生を宿直室に訪ねる。その目的は、「気象として、物事をあいまいにして、大切なことはしたくねえがら」「男女の行為を、納得がいくよう実地に体験させてもらう」というもので、学校時代の憧れで、最も尊敬できた篠崎を相手に認定する。

もちろん、彼は「私にケダモノになれっていうのか」と言って最初は拒否するが、その熱意に押されて承知する。

「おらは満足と自信で充実した気分」だと言って彼女は彼の自転車の荷台に乗って帰る。

第二話は、雪子が結婚して、生まれ故郷の秋田県横手市から青森県弘前市に夫の転勤で来た時の話である。夫の休暇で五、六歳の長男と一家で郊外の岳温泉に湯治に来た時、従卒の熊木二等兵も同行していた。明日に帰弘するというその日、岩木山登山をすることになったが、二時間ほど登った時、突然天候が急変し、夫の判断で下山することになった。彼は長男を連れ、雪子は熊木が面倒を見ることになった。

ところが、雷鳴をとどろかせ、豪雨が降り注ぐ中、終に歩行もままならなくなり、全身がずぶぬれになった雪子は熊木に言う——「熊木!私を力いっぱい抱いておくれ。でなければ私は死んでしまうよ。……熊木!私の言うことが分からないの?お前は身体が頑丈でも頭は弱いんだっけね」。しかし、いくら、罵倒しても彼は表情を変えない。しかし、突如、強いビンタを私にくらわした彼は「なんだバ!このアッパ!(人妻の方言)……黙っていればええ気になってよ。(中略)いいふりこいで……。大尉殿のアッパだと思って威張るなじゃあ……」とわめいて私に二、三度続けざまにビンタをくらわす。

さらに、熊木は水浸しの私の浴衣を二つに引き裂くようにして自分もズボンを下ろして、私の上に押しかぶってきた。その間の出来事に対して私は次のように考える。

雨!　雲の移動!　稲妻の閃光!　地面に押しつけたビショ濡れの背中や腰に感じる雷鳴のリズム!　それらの間に、瞬間的なセックスの陶酔が織りこまれていたとしても、人間の弱さが生み出した、ニセの観念的な宗教の神仏は別として、人間はもちろん、ケダモノや大する）ほど行為を楽しませてやりたかった。とくにハナのために……男達がわけの分からないことで戦争をおっぱじめて、毎日たくさんの人間を殺し合っている時、女がそれを埋め合わせるために生殖行為に励むということは、キリストや釈迦や孔子やネロや始皇帝やヒットラーやムッソリーニなどをふくむ人類という生物、その他の森羅万象をつくった造物主の意欲に反するものでないことはたしかだ。（B六十四頁十五行）

ここに述べた考えは先に見た「後記」で述べていることと関連する。

この三話は、性に対する自由な考え方を示し、それを実行する女性を登場させている点に特色がある。なお、それぞれの作品は以前に伏線が存在する。例えば、第一話は、石坂の教師時代の話として「月夜の訪問者」（『私のひとりごと』昭和四十四年刊）に招集された物と酷似している。また、第二話は、新聞小説「山のかなたに」（昭和二十四年）の「美佐子の手記」における美佐子との抱擁場面と近似する。

「契約結婚」について

「契約結婚」は、推理作家桑原市太郎が津軽で中学同級生だった木村欽五から遺書もどきの手記を送られて、それを紹介する体裁をとる。最初に、本文異同を見て置く。大きなものはなく、初出に若干の手直しを加えたものが殆どである。

手記はこの辺りで終っている。

ところが、ある日、桑原の元へ木村の長男から父の依頼だと言って、手記もどきのある文章が届く。彼は事故死によって五十八歳の人生を閉じたのである。それを読んだ桑原は、作家として推理を働かせて、白黒をハッキリさせるべきだろうが、「あいまいでハッキリしないのが、人生の真実だということもあり得るのだから……」と判断する。

「首つり」について

津軽に生まれた「私」が小学三、四年頃の思い出を述べた作品である。彼は石中の友ちゃんと言われ、界隈では裕福な家に育った。明治四十年頃の話として、近所に住居不定の四、五十歳位の男がいて、かな糸を売り歩く彼との体験が語られる。男は彼ら幼少の子ども相手に自分の性器を見せたり、おにぎりをねだったり、好き放題にしていたが、ある時に寺の杉の下枝で首つり自殺をする。その際、寺の和尚が彼の財布から金を盗むのを目撃してしまう。

こんな内容だが、作者の幼い頃の思い出を辿り、一応は『わが日わが夢』の作品世界を補充すると考えられる。ただ、これは初出に対する書き直しは少ないのだが、冒頭近い所に「私は東北地方の僻地で生れた」とあったのが単行本では「私は東北地方の僻地、津軽で生れた」と「津軽」の語が書き加えられた点に注意したい。つまり、主人公は津軽の出身だということを強調したいのである。『わが日わが夢』との関連を強調したとも考えられる。

冒頭で、主人公は最近、幼い頃をふと思い出すことがあるといい、そして、作品の最後で首つりの話が果たして自分にとってどんな意味があるのか、わからない、むしろ、意味がないと考えた方がよい、「あれも一生、これも一生、すべての道はローマに通じ、すべての人間は無に帰する、そういったものではないだろうか」と結ぶ。この部分が『わが日わが夢』との違いと考えられる。単なる過去への回想や懐旧ではなく、それを取り上げる際の心境こそが大事ということである。「あれも一生、これも一生。すべての人間は無に帰する。そういったものではないだろうか」と作品を締めくくる。

「夫婦・この奇怪なるもの」について

これは、五歳と三歳の子どもを持つ夫婦の話である。夫はある製薬会社の宣伝課長をしていて、長身かつゆったりした性格で課内の女子社員に人気がある。妻は専業主婦だが、ある時、夫長沢正雄の行動について述べた社内女性からの手紙を受け取る。内容は自宅にも出入りして人気がある中村信子と課長のことについて具体的内容を紹介して、その親密さに注意しろというものだった。それを読んだ妻の美代子は、最初は気にも留めなかったが、次第にもしかして二人は男女の仲になっているのではと考えると、それに纏わりつかれてしまう。というのも、以前にこんなことがあったからである。

それは、主人が風邪で会社を休んでいる時、給料袋を彼女が持参したことがあった。彼女は大事なものが盗難にあってはいけないと、それを自分のパンティのゴムにひっかけて持参して来たのである。それが判明して夫婦とも大笑いしたことがあった。その時はかなりきわどい話も出た。

美代子はその事件を思い出すと、主人と信子の間にはもう男女の関係ができていると思いこまざるをえないようになり、それが彼女の嫉妬の炎をかきたてる。

夕方、夫が帰宅する。美代子は夫を問い詰めるが、覚えがないと否定する彼に対して、狂ったようになった彼女は暴力を振るう。両手で彼の頭や顔を殴り、引っ掻き、胸に噛みついたりした。夫は別室で傷の手当てをする。子供たちは実家の母が連れて行き、留守である。

彼女はテーブルに伏せて泣き続ける。その時。来客がある。信子が婚約者を連れて来訪したのだ。二人は正雄たちに仲人をして欲しいと言う。「さっき、この柱にぶつかってけがをした」と顔に三ヵ所ほどバンソウ膏を張った夫のその理由を説明して、美代子も相手と接する。

二人の帰宅後、美代子は仲直りをしようと考えるが、夫が布団の中で大きなおならを発したのを知って撤回する。その後、何事もなく数日が経過する。彼女は彼に謝罪をしようと思うが、そのこともあって実現しない。彼女はふと、夫婦・この奇怪なるもの、という言葉を思い浮かべて一人笑いをする。新婚後に訪れた信子に対して、彼女はこの言葉を披露する。

常識では考えられない不思議な関係が夫婦だという考えに、この夫婦は結婚六年目にして辿り着く。美代子の発作的な振る舞いやその後の対応が夫婦の仲を冷やすどころか、二人の間の絆を強めた気がする。そんな感じを彼女は「夫婦・この奇怪なるもの」と名づけたのである。夫も、彼女が素直に陳謝せずに、両親のせいにする妻の姿を見て、腹が立つよりも人間的な好意を覚えてしまう。これも「夫婦・この奇怪なるもの」を発見したのである。

この作品は、夫婦のより深いつながりの発見を描いたものだが、それは性と糞尿に関するものを中心にかなりのユーモアをもって進行する。女の臍の下を「貞操地帯」、女性器を「ほら穴」、おならを「大きな音のガス」、男性の精液を「美容液」等々、会話の中に適当にまぜこぜにされてかなり無遠慮な会話が展開される。語り手が登場して人物に批評を加えるのも進行をよりスムースにしている。

平松幹夫は、作者の意図は若い読者への愛情と啓蒙にあり、都会的な感覚とエロティズムで微笑のうちに読者の心に人間生活の知恵を与えてくれると述べているが、その通りである（「解説」『石坂洋次郎文庫18』昭和四十二年九月刊）。

本文異同もこれら性の表現に関するものが多い。まず、初出雑誌本文のAでは、

これは今の話で連想がはたらいたんだが、昔、大阪の造幣局でオサツをつくらせられていた女の工員達は、会社から、ひける時、大幅に股を広げて、並べた木の上をつぎつぎと渡らせられたものだそうだ。女がパンティなど穿かない時代だったし、どこかのほら穴にオサツを隠してないかどうか試されるわけだね。……人権蹂躙もいいところだ……、（三十六頁上段十四行）

これが単行本本文のBでは、次のようになり、よりリアルな描写になっている。

これは今の話で連想がはたらいたんだが、むかし、大阪の造幣局でオサツを作らせられて

いた女の工員たちは、帰るとき、二尺位の台の上から三、四回飛び下りさせられたものだそうだ。女がパンティなど穿《は》かない時代だったし、身体のどこかのほら穴に硬貨を隠してないかどうか試されるわけだね。隠してると、三回も台から飛び下りると、チンコロリンと音がして、硬貨が床に落ちる。……紙幣はどうかね。ほら穴の奥ふかく隠しておけば落ちないいんじゃないのかな。女性の諸君、そういうもんじゃないのかね……。（百六十一頁四行）

次は、Aの四十四頁の上中段にわたって大幅な書き直しがあるケースである。本文の引用は避けるが、ここは中村信子が婚約者桑田敬助を連れて仲人を長沢夫婦に依頼するために来訪した場面である。敬助は「まだ信子さんと性交を行っていない」と言うが、その答え方をウブな感じと受けて、美代子は良い印象を持つが、同時に喧嘩の後でそれを匂わせずに質問をする夫に感心すると記述される。そのあと、正雄が自分達の夫婦喧嘩を暗に指示した会話を二人に示し、さらに、美代子がどうして自分たちを仲人に選んだかその理由を尋ねる場面へと展開する。

これに対して、Bでは性交をめぐって、敬助と信子のやり取りが面白く展開し、その内容に美代子と正雄が口を挟むというようになる。最後にAと同じく、美代子が仲人に選んだ理由を尋ねるというように展開する。

後者の、書き直した方が作品としてはふさわしいものになっていると考える。

次の異同について述べる。夫婦喧嘩を終わらせようと美代子が夜、布団の中で隣へ移動しようとした時、偶然、夫のおならの大きな音を聞かされる。それを聴いた彼女はその気をなくしてしまう。その後、Aは次のように続く。

ところで、中年すぎた夫婦の場合、有毒ガスの問題はどのように処理されているものであろうか。作者は、おたがいの人間性を認め合うとか何とかいう観念的な主張よりも、ガスその他、日常卑近な問題を検討した方が、夫婦生活のじっさいの向上に役立つと思っているがどんなものであろう。

ガスの問題では、暴飲暴食の傾向があり、神経も女性より粗雑に出来ている男性——すなわち夫の方が犯罪者である場合が、圧倒的に多いことと思う。しかし、その方の生理は女性も同じことなのだから、犯罪者が絶無だとは云えない。げんに作者の故郷である津軽地方には（音《おど》コなしの大騒ぎ）という諺があり、おしとやかに放出されるガスほど毒素が強いものとされている。

で、そこらへんに着眼した誰か篤志の方が、日本に於ける夫婦生活の倫理を高めるために、各年齢層の夫婦間のデータを集めて、「夫婦間のスカンク現象に関する実態とその将来性」とでも題する研究論文にとり組んでもらいたいものだ。ノミの生殖器の研究で博士号を授けられた人もあるのだから、夫婦生活の品位の向上に役立つスカンク現象の研究は、人間の一生をかけるのに値する、文化的な意義のある適正な研究の主題だと思う……。（四十七頁上段十三行）

これがBでは次のように書き直された。

ところで、正雄が、美代子の甘えたずるい仲直り策を、ガスを発射することで拒絶したことについて、作者の私は、正雄の同姓の一人として、大いに賛意を表するものである。人間の生理現象を、どんな言葉もかなわないほど、有効な意思表示に適用するということは、めったにあり得ないことだ。

ついでに言うと、女性の諸君よ、この問題でおしとやかに取り澄ましてはいけませんぞ、古い川柳に（炬燵から猫もあきれて顔を出し）というのがあるが、文学的なヨミの浅い人は、無精髭をはやした男が、炬燵に下半身を入れて、行儀わるく寝ころんでいる場面を想像するだろうが、ヨミの深い人は、二十歳前後のきれいな娘が炬燵の上で編み物の手を動かしており、窒息しそこなった猫が、大きな口をあけて炬燵の掛布団から逃げ出す場面を思い描くに違いない。そのほうがずっとリアリティーの深い文学の味い方になるのだ。（百八十六頁三行）

このAとBを比較してみると、Aは一見、医学的科学的にこの問題を解決しようと着眼点をそちらに移動させている。それまでこういう視点で作品を読解してこなかった読者は戸惑う。同時に、夫婦の問題をことさら大げさに考察しようとする作者の戯作的意図を底に感じてしまう。Bはどうか。はたしてガスの発射が正雄の意図的な行為なのかは疑わしい。偶然的要素の方が可能性としては高い。しかし、作者は意図的な行為と判断して、そういう正雄の行為に賛意を示し、古川柳の例を引いてより印象を強める。こうしてみると、後者Bの方が作品全体の雰囲気に合った書き直しとなったと考える。

最後に巻末の異同について。作品が終了した後、Aでは五十頁の中段半ばから下段にかけて書き加えがあり、それが全てBでは削除されている。内容は、「若い理想に燃える男性の読者の中には、相当な教養を身につけた女同士、そんなむき出しなセックスの話などをするものか、殊にわれわれの大切な貯臓物を美容液とはなにごとか」という質問に対する作者の解答をしめしたものである。引用は避けるが、作品として単行本全体を考えると、やはり、カットせざるを得なかったと考えられる。

「死の意味するもの」

六十五歳の推理小説家早川順平が自身の小中学校時代を回顧した話である。異同はそんなに多数あるわけではない。漢字を平仮名に直したり、その逆だったり、若干の補遺をして意味をより鮮明になるようにしたり、の程度である。ただ、一ヵ所、巻末に近い部分で主人公早川の心境を述べた部分が大幅にカットされている。これについては後述する。

津軽十万石の城下町H市に生まれた早川は味噌醸造を営む大高屋という素封家の一人息子玉雄とは仲が良く、その家へはよく出入りしていた。彼は美少年であり、その母お袖さんもよく似て美しい顔立ちの人だった。

その家に度々出入りしていた順平は、桁外れの便所や座敷の造り等々に圧倒されていた。中学三年になった玉雄は母に自分の夢精のことを話しする。その一月後、オナニーをする彼に母はそれがどうしても我慢できない時は自分に言いなさい、いいようにしてあげるからと言う。まもなく、二人の間には男女の関係が始まった。街の大人たちの間では二人が奥深い部屋で男と女であるそうなとの噂が密かに囁かれた。

「私」（順平）は、二人は「共通の情熱」に駆られていた、と考えた。つまり、母は自分の身体から出たものを残らず自分の身体に吸収しようとし、息子は自分を幼児に、それから胎児に返し、ついで精子と卵子に分裂させ、最後には得体の知れない微粒物になって大気中に飛散させるという逆行する本能に取りつかれて、男女の行為に耽溺していたのだと。

そうだとすれば、彼が教室や親友の家の垣根で、一人で自慰行為に耽るのを見た「私」はその行為が彼や彼の母を裏切るものだという気がした。

中学四年の夏、岩木川で仲間の誰一人も出来ないダイビングで玉雄は「さいなら！」と発して飛び込んだ。母親にその時の事情を聴かれた「私」はウソを言って、その発言を隠蔽した。母はその後まもなく気が変になって精神病院に入院し、その二年後に亡くなった。

この作品は、六十五歳の男性の、五十年も以前の事件を回顧し、合わせて現在の心境を語っている。彼が述べる出来事は、まさに母子相姦であり、その悲劇の結末である。十六、七歳の少年にとって母との行為は次第に耐え難いものとなり、それを苦にしたものであろう。

また、作者の早川は専属秘書との肉体行為も最近は「なんという荒んだ生活であろう。年のせいもあって、女も、仕事も食事も交際も、何もかも大儀になった」と考えるようになり、秘書にも、死ぬって「先へ進むことではなくて、後へ後へと引きもどされていくことなんだ。」と語る。今回の玉雄の話という、筋が通った出来事も、長い間、自分の意識の底に伏せた形で潜在していた、それが順序正しく頭を擡げるようになったのだと述べる。

彼は、これから何を書こうかと思う時、自分の作品の裏にあるのは「暗い一貫した情熱——死の意味するものは、先へ先へとすすんでポキリと折れることではなく、後へ後へとどこまでも引きもどされていって、しまいには無機物に分解される、という過程への実感」だと、秘書に述べたと同様の感慨を催す。

亡き妻に対する仕打ちが酷かったせいもあって世帯を持つ二人の娘たちも寄りつかず、その意味では気楽な生活を送る順平である。

作品の終わりに近い箇所である。秘書が帰宅した後、彼はマンションの窓際で外を眺めて物思いに耽る。

順平は居間の窓際に立って、神宮の緑の森を眺めた。

(——こんど連載を頼まれているX誌には、なんの恨みもない、まったく無縁の男女を十人ほどつぎつぎと殺し、しかもホシがあがらないという筋の作品を書いてみようか。もちろん女達は暴行のあと殺害されるのだ。どんな題材でも、私のすさんだ生活の裏づけが、作品に、いや作品だけにかぎって、一種の精気をふきこむであろう。平和な家庭の中でヌクヌクと筆をとっているほかの推理作家に較べて、私の場合、何もかも投げすてた、やけくそな情熱の裏づけがある。それがあるかぎり、私の作品は読者に通じるものを失いはしないであろう。

で、私のその情熱とは――？　死の意味するものは、先へ先へすすんでポキリと折れるのではなく、後へ後へどこまでも引き戻されていって、しまいには無機物に分解される、という認識なのである。（七十九頁中段十七行　傍線部はAにあってBで削除される）

これはAの本文だが、Bでは傍線部を含めて次のようになっている。

さて、これから何を書こう。表向きはどんな粉飾をほどこそうと、これからの自分の作品の裏づけをなすものは、暗い一貫した情熱――死の意味するものは、先へ先へすすんでポキリと折れることではなく、後へ後へどこまでも引き戻されていって、しまいには無機物に分解される、という過程への実感なのである。（二百二十頁三行）

十行近いものがわすか二行に縮められている。冒頭で早くも「推理小説家」と名乗ったものの作品について触れたところは最後のこの部分だけであり、ある意味では目立った箇所になっている。その分だけわかりやすい表現である。しかし、作者は改めて読解してみてその記述の具体性に違和感を感じて、カットしたものと考えられる。

このように、母子相姦と六十五歳の男の死に対する考え方を述べたのがこの作品だと言える。

まとめとして

以上、「女であることの実感」「契約結婚」「首つり」「夫婦・この奇怪なるもの」「死の意味するもの」の五作について概観した。先に述べたように一編一編それぞれに特色が見られ、それぞれが味わいのある作品である。単行本カバーの裏面に次のような文章が記されている。

『性』に対して健康で素朴な考えを失わない田舎娘の生涯のいくつかのエピソードを綴った『女であることの実感』をはじめ、個々に収めた小説はいずれも作者が人間の心の奥底にうごめく盲目的な生命力、善や悪を越えた無気味な混沌とした本能が表面の秩序の世界をつき破って噴出する際の一見異常な姿を描き出したものである。

おそらく単行本の編集担当者が執筆したこれはその特色を見事に捉えている。㋐「盲目的な生命力」と㋑「混沌とした本能」が本作品に内蔵されるとする。すなわち、「女であることの実感」は㋐、「契約結婚」は㋑、「首つり」は㋑、「夫婦・この奇怪なるもの」は㋐㋑、「死の意味するもの」は㋐、というように位置づけられよう。

さらに、五作中、「死の意味するもの」「女であることの実感」「契約結婚」は「高齢者」がその人生を語る点で共通する。これらの中でまず「死の意味するもの」は、六十五歳の主人公が自分の小中学校時代を回顧したものであり、同時に現在の心境をも語っている。すなわち、友人の母子相姦を述べ、私設秘書との自由な性への嫌悪も含めて何もかも大儀になった最近の心境を吐露して、死を後へあとへと戻って行き、最後に無機物に分解されると認識する。

また、「女であることの実感」は、七十歳の老女が自分の半生を述べ、それは女性自身の人生として意義あるものだと主張する。その根本には男にはない女の独特の生き方があり、それは社会契約から抜け出して原始の生態に帰ったものだと言う。それはいずれも、結婚直前の夫以外の相手との性交、夫の部下とのセックスや女中の身代わりによる性などに見られるものである。

さらに、「契約結婚」について述べる。これは前述したように推理作家の桑原市太郎の元へ同級生の木村欽五から手記を送られ、それを紹介するという話だが、木村の死は五十八歳の時であり、従って、桑原も同年ということになり、高齢者には手が届かない。初老という程度である。しかし、木村の死は予告されたものであり、それが実行されたのだから、人生の終焉ということで一応、高齢者がその人生を語ったものと判断しても許されるだろう。

では、その人生とは何かというと、女に生涯をかけたものだと言える。彼は家庭の維持に熱心な妻をしり目に郷里青森の山を売った金や父の遺産を元手に飲み屋の女などを相手に適当に遊び始めた。それに合わせて服装などにも金を使った。妻は収入がそれなりにあるので文句も言わなかった。ところが、妻が病気で急死する。子供達に遺産を与えて、自宅だけは後妻にとの遺言を残す彼はその後も夜の外出はやむことがなかった。

ところが、先にも述べたように主治医の発言により余命を知った彼はそれほどショックを受けない。しかし、どことなく色っぽい感じの植村民子との生活に残りの人生をかけてみたいと考えて、彼女の了承をえる。その結果は先に見た通りだが、では、そんな彼の人生はどう考えたらよいのか。
彼が用意する金は二千万円である。自宅の土地二百坪の代金を充てるつもりだが、因みにその頃の喫茶店でコーヒー一杯が百円、小学校教員初任給が二万五千円だから大金と言わざるを得ない。その大金を投じても彼は残りの人生を清潔な感じの若い女の肉体にかけた。子供三人とも全て自分から離れてしまい、自分も全くあてにしていない。そんな彼が人生の最後の楽しみを女の肉体にしたのである。無謀と言えば無謀である。

しかし、それを紹介する作家の桑原が述べるように「あいまいで、ハッキリしないのが人生の真実だということもあり得る」のであり、彼の人生は彼の物でしかない。生きる目的も失った彼の最初にして最後に見つけた目的であり、「老人」を拒否して彼はそれを得た。

『女であることの実感』は作者七十三歳時の刊行であり、すでにその三年前「水で書かれた物語」において近親相姦の問題を本格的に取り扱ったが、性の問題をこれら「高齢者」の問題として本格的に取り上げようとしていると見受けられる。その走りがこの短編集であろう。まだ六十歳前の木村欽五は全ての大金を女との生活に賭け得たが、七十歳前後の男や女は過去の性履歴を語り、その無意味さを説く。これらはいずれ石坂が腰を据えて考える課題となる。

9 『ある告白』における男女平等の思想

「ある告白」は、昭和四十四年一月から四十五年四月まで『婦人倶楽部』に十六回連載し、四十五年七月に講談社より刊行された。短編集『女であることの実感』『血液型などこわくない！』などの諸作をほぼ発表し終ったころである。

内容は、四十八歳の主婦・野口ふじ子が小学校時代からを回想しながら、執筆時点での所感を付け加えた手記である。記述の都合上、主人公ふじ子を「彼女」として進行する。最初にその梗概についてみる。

彼女が生まれたのは北国の旧城下町H市であり、父は、町の地主の一人娘みね子の婿となった弥作で、大手銀行の支店長をしていた。全十三章中、四章までが彼女の小学校時代のことを述べている。その後の高等女学校時代のことが五〜八章。父の東京への転勤に伴う東京時代のことが九〜十三章までとなる。

H市でのことは、いわゆる性に関する環境が開放的であるといえる。例えば、隣家の松木宗雄とは幼馴染でお互いに行き来する間柄だが、両親が共に留守の時に、家に宗雄が泊まりに来てくれた。ふじ子と宗雄は夜、一つ布団の中に這入ってお互いの身体をなであい、相手の男であり、女である部分をさぐりあう。次の日、ふじ子は学校で同級生より三、四センチも背丈が伸びた気がする。

また、ふじ子たちの友人かね子の実家が芸者をしていて、そこを訪ねたふじ子と宗雄のうち、芸妓は宗雄のパンツの紐をひっぱって中を見て、まだ丸坊主だとからかう。

女学校では、ふじ子は小学校同様に級長をするが、その立場で何かと出来事に逢う。例えば、三年遅れて入学した櫛引秋子と親しく交際する。H市から三十分離れたN村の彼女の家を訪れる。その家は馬の種付けを生業としており、その実景をふじ子は初めて見る。それに感激する。その夜の食事中、両親のはばかりない性の話はふじ子の気持ちをすっかりおおらかにする。

その晩、土蔵で過ごした秋子とふじ子はお互いに身体を愛し合う。ふじ子がセックスに目覚めた最初である。

女学校で家事担当の小林かね先生が六カ月のお腹をしていて、授業中級長をしているふじ子にお腹を触らせる。ふじ子は嫌な気がしたが、口には出さない。その小林先生が産褥熱で亡くなり、その二カ月後に赤子も亡くなった後、工業学校教師を務める夫の後輩松野先生が鉄道自殺をする。町ではかね先生と松野は不倫関係を続け、死んだ赤子もその子だったと噂が広まった。

その話は、小林家と向いの村井家の夫婦と野口家の夫婦四人が集まった時に始められる。母みね子とふじ子の意見が通ってふじ子もその話の輪に加わった。話は小林家と村井家の「女中」同士の情報を通じてのものだったが、小林家だけでなく、話に加わった両家の性もかなりきわどい内容だったが、ふじ子はそれも当然耳に入れる。

またある日、昔、家の「女中」をしていたむつ子の母親・水沢たえ子が訪ねて来た。父がむつ子に産ませた子が最近十一歳で亡くなり、その位牌を持参して来たのだ。たえ子の帰宅後、ふじ子は自分に弟がいたことを知って驚き、わめいて位牌を投げつける。母は彼女を殴りつけ、「こんな話をしても取り乱すまいと思っていたのに、買いかぶりすぎた」と言う。ふじ子も謝り、どうして「女中」を孕ませるような父と離婚しなかったのかと問う。母は「お父さんを本当に愛していなかったから」と答える。

以上のような小学校、女学校時代の思い出を、ふじ子は「灰色の人生観をいっそ濃く色づけるような出来事」だと言い、自分の性格が明るいものをはねつけ、濁った暗いものを吸収する傾向のものだと認識する。

東京に家族三人で移った三月のある日曜日、ふじ子と母はデパートに出かけた。すると、そこで田沢憲一と信夫の父子に出会う。憲一はH市の市民病院に勤務していた時、みね子の結婚相手として数回のデートを重ねた仲で、それがうまく行かなかった後に女医と結婚して生まれたのが、信夫である。二人はそれぞれ親子の二組に分かれて食事をする。

ふじ子は憲一との食事でアルコールを取りすぎて酔いつぶれ、デパートのベットに数時間寝てしまい、その後、帰宅する。

最初に渋谷の田沢家を訪問したふじ子は信夫から母のり子についての話を聞く。中でも、彼が中学三年時に母が亡くなったが、その直前枕元で結婚前の教授との不倫を告白したものはショックだった。若い二人は、社会生活で愛国、正義、友情等々、第二義的な習慣性の要素が多い中で、マネでないオリジナリティーを秘めたものはセックスの本能だという認識で一致する。

初夏のある金曜日、田沢家を訪れて信夫と話をしていたふじ子は憲一に誘われて出産の見学をすることになった。最初、戸惑ったものの一切を見届けて彼女は、膣口を見続けている時、ふと眼をずらして、窓の外の白い山茶花の花と青空がきれいだと気づいた。ところが、その中途に信夫が卒倒したので、その救護にも手伝いをする有様だった。

その話を聞いたみね子は、昨日の三、四時間で六センチ位も精神の身長が伸びたねと言った。

ある土曜の午後、父弥作の帰りが遅く、次の日も帰らなかった。詳しくは手紙を見てくれ、という電文が届き、週明けに勤務先の銀行を出たまま客のA子と駆け落ちしたのではと、推理が落ちついた。まもなく、分厚い手紙が届き、詳細が知られた。

父は、自分の内心の嗜好は下卑たものに向き、威張ってサービスさせられ、そういう下等な女達に性の魅力を感じる。顔が醜く、頭が鈍く、ただセックスの欲望だけが動物のメスみたいに強いというタイプの女が昔から心惹かれると述べていた。

父はこんな風に述べた後、A子との出会いから経過、死を選ぶまでの詳細を語った。

母も私も遺書を読んで、そんなに取り乱しはしなかった。なぜなら遺書から感じさせられるものは、夫でも父でもなく、恵まれない性格を持った一人の男という印象が強かったからである。

弥作の死が確認されて半年後、ふじ子と信夫が結婚し、二カ月後に妊娠、信子が誕生する。

召集令状が信夫にくると、憲一はみね子に求婚し、二人は結婚し、憲吉という男子が誕生した。しかし、戦争に取られた信夫は戦死し、その戦いぶりを戦後に部下の者が報告に来て、立派な死だと分かる。ところが、まもなくみね子が交通事故死する。

残されたふじ子は憲一に求婚して、まもなく、たか子が出産する。こうして、憲一・ふじ子の夫婦は信子、憲吉、たか子の三人の子供を育てることになった。

本文異同

この作品は前述のように雑誌に十六回連載し、それを十三回分の単行本にまとめたものである。例によって石坂は単行本刊行に際して手を加えている。先ほど紹介した内容は単行本に依ったものだが、当然両者間の異同を検討する必要がある。しかも、今回は長すぎる分を短縮するという責務を石坂は負っていた。雑誌掲載の本文をA、単行本の本文をBと略称して、以下見てみる。異同は郷里での第八章までと東京生活での第九章以下十三章とでは大きく異なる。まず、それ以降と比較してさほど異同が少ない第八章までについて述べる。まず、Aの第一回末尾に、

十二月号で「海鳴り」と予告しました、石坂洋次郎先生の新連載小説は、「ある告白」と改題いたしました。皆さまの御愛読をお願いいたします。

とあり、当初タイトルが「海鳴り」となっていたことが判明する。暴風雨や津波襲来などの前触れとして海上から鳴り響くその音は、人間たちがおりなす不吉な行動を予兆するものに設定されたと予想するが、なぜそれが退けられて「ある告白」などという平凡な命名に変更したのかは不明と言うしかない。

作品冒頭はAでは「城下町のB市は、」とあったが、Bでは「城下町のH市は、」と変更されている。後にふじ子が「私の郷里の津軽の岩木山」（第五章）と記述することから判断しても、「H市」は石坂の郷里である弘前市を指すと考えて間違いないだろう。

Aに「私はいま三十八歳の女ざかりの主婦」とあったが、Bでは「私はいま四十八歳の主婦」と年齢に訂正がある。これは、作品の進行に伴い、語り手のふじ子の年齢が三十八歳では若過ぎて不釣り合いのため、変更したと考えられる。

さて、第四章までの本文異同は、それまでの表現上言い足りなかった所を補充したり逆に言いすぎた点などを削除したりの物が殆どだが、毎回のように補訂している部分がある。それは、少年少女の性に関するものである。

1　お前なにかいた？　見せろよ……小使ンとこの犬か。あのクロはいまさかりがついてんだぞ。こないだ、一年生の女の子の身体にへばりついてせっせと腰を動かしていたよ。……人間の男も大きくなるとそうするんだってよ。おれ、聞いたもの……

（A第一回二百五―二頁中段）

ここは、ふじ子と木村との会話だが、傍線部はB本七頁では削除されている。おそらく、石坂は全体的に見て、子供の会話にはふさわしくないと判断したのだろう。

2　朝までずうと一つ寝床の中で……。そして、私はそのことを悔いても恥じてもいないどころか、私の人生の一時期に星のように光る貴重な体験だったと思っている。

（A第一回二百五十九頁最終部）

これは第一回の最終部はBでは「発声するのを聞きながら、グッスリ眠りこんだ」で終了するが、Aではこれが付け加えられていた。やはり、余分なものと判断し削除したのだろう。

他にも省筆が第二章に一カ所、第三章に二カ所、第四章に三カ所、見られるが、全て紹介するのは紙幅の都合もあるので、限られたものにする。

3　「宗雄ちゃん」

「なんだよ」

「私達、いつ丸坊主でなくなるの？」

「そんなこと知るもんかい。ふじ子のバカ！」

「バカじゃないわ。男と女の身体のあそこには、いつか必ず柔かい草が生えるんでしょう。それが大人になりかけたしるしよ。ね、宗雄ちゃん、私達、仲良しでしょう。だから貴方が中学校、私が高等女学校に入って、あそこに草が生え出したら、教えっ子しましょうよ」

「いいよ、教えっこしよう」

「教えるだけでなく、ちゃんと、スカートをまくり、ズボンを下して見せっこするのよ」

「そんな約束、ぼくはしないよ。ふじ子ちゃんのは見てあげるけど……」

「宗雄ちゃんの意気地なし。……いつか私おかあさんと風呂に入ってた時、なぜ、大人のそこには草が生えるのってきいたら、おかあさんが、大切なところが風邪をひかないようにするために神さまが工夫してくれたんでしょうって笑っていたわ。――宗雄ちゃんは田代かね子さんが好き？」

「知らないよ。でも、うちの父や母は、あの子は姉の花奴のあとをつぐ一流の芸者になれるだろうって言ってたよ」

「――私も芸者になろうかしら。男達を相手に遊んでお金が稼げるんだから……私がそうなったら、宗雄ちゃんも私をお座敷に呼んで遊んでくれる？」

「知らないよ」

（A第三回二百八十八頁上～中段）


ここは、子ども同士の喧嘩が終了した後の場面だが、子供に関心がある性毛をめぐる話題がはきはきと展開する。Bの六十八頁八行目に入るべきところ、全てカットされている。作者はこれも煩わしく感じたのであろう。

4　いや、男女が相呼ぶ――。そういう大自然の意志は子供にも感じられる筈のものだ。殊に出産という生理を負わされている女の場合は特に早くから――。いま、思い出しても、雪の屋根の斜面に寝ころんで、日光を防ぐために手を額にかざしていた笹田清子の肩や胸の脈動は、成熟した女の飢えに喘いでいたものであると私が感じたのは、ズバリであったと思っているけど……。

（A第四回二百八十二頁下段）

ここは、ふじ子の同級生の笹田貞一母子が家の雪下ろしに来て、一服する時の描写である。母の清子が休養する様子をこのように捉えた。Bでは九十四頁二行目に入るが、全てカットされている。ふじ子はその様子を「男性――を待ちもうけているのではないのかしらんと疑われたりした。私の感覚が早熟だったのだろう……」と感じるが、この箇所の次にAではこれが挿入されていた。

第五章は、ふじ子の高等女学校時代のことを題材にする。最初、彼女の生理の開始を紹介し、次に女学校での出来事を述べ、最後に同級生の櫛引秋子の家を訪ねるところで終了する。この章は異同が割と多い。例えばAでは、最初、ふじ子の生理の到来で母が「お前の身体はもう子供が生めるんだよ」と言うと、「ほんと？　私、ためしに宗雄ちゃんの赤ン坊を生んでみようかしら……」と答えるが、これはBではカットされる。続いて、母が「バカだねえ。この子は……。私は女の生理がはじまった時、強いショックで、ちょっとばかり泣いたことを覚えているよ」と答えるのもカットされる。続いて、

5　「たいていのことでは、人の前で涙をみせないように仕つけたのはお母さんよ。……ねえ、

お母さん、私、宗雄ちゃんに子供を生ませる能力が出来たかどうかきいてみてもいい？」

「あきれた子だねえ。……恐らく宗雄ちゃんの身体はそこまで成長していないよ。中学一年生ですもの」

「こないだ、生理衛生の時間に教わったわ。子供は女性の卵子と男性の精子が結合することによって出来るんだって……」


（中略）


「これからは、日本でも家の建て方を洋風に変えて、各部屋が障子や襖でなく、壁で仕切られるようにして、子供ははじめから個室に寝かせる習慣をつくらないといけないわね」

「親のため？　——子どものため？」

「双方のためさ。親の方だって、はたに気がねして男女の営みを行っていたんでは、少しずつ不満が積み重なって、ノイローゼになりかねないからね。げんにこの私がそうだからね……」

「あら、私は二階に寝ているのに……」

「ああ、私のノイローゼは決してお前のせいじゃないよ……」

　私はそれ以上つっこんで尋ねなかった。母が父に対して，心身ともにもっと強力な男らしさを求めていることを、子供心に感じとっていたからである。

（A第五回三百三十七～三百三十八頁）

この箇所は本来、B百八頁十二行目から開始されるべきだが、全てカットされている。やはり余りに仔細過ぎると判断したためだろう。しかし、子供の個室を主張する考えは戦前の当時としては進歩的だったと言える。

B百十五頁十七行「さて、女学校では、生理のある学生は体操の時間に」以下、百十九頁十二行目「浅野トミ子には、私をひきつける魅力がなかっただけだということが分かった」までの約四頁分は、Aに欠けている。ここは同級生浅野トミ子との逸話を述べたものだが、女学校の逸話が次に紹介する櫛引秋子のそれだけでは寂しい、不足だと考えて付け加えたものだろう。

この章で、A本文にある、ふじ子が櫛引に数学のカンニングをさせようとした話はBでは削除されている。その櫛引の身体検査の素っ裸になったエピソードも削除されている。

また、クラスで生じた盗難事件に関して、ふじ子の元へ犯人から手紙が届き、それが縁で櫛引と仲良くなったふじ子は彼女の家へ招かれることになる。この手紙のことはAには省かれている。章末に近い、家に向かう馬車の中での描写はかなりの異同がある。特に、B百三十六頁一〜十二行はAにはないもので、これを書き加えることによって櫛引をめぐる田舎の若者たちの雰囲気がよく伝わるようになっている。同時に、先のいくつかの省略部分を補う役目を果たすのだろう。

第六章は、櫛引の家で馬の種付けの現場を初めて見学し、その夜、彼女と一夜を過ごす内容である。それなりに添削がされている。

B百四十三頁六行目から百四十四頁十六行目はAでは三百四十六頁下段の十行ほどだが、拡充されている。ここは馬の種付けを見るかみないかを私に尋ねている場面で、秋子の言い方が非常に生命力溢れたものになっている。

B百四十七頁九行目と十行目との間には、Aでは次の文章が挿入されていた。

6 (私は馬でない、人間の女だ。だから、将来、夫である男性とセックスの営みを行うんだ。二人きりの静かな落ち着いた寝室で……)

女学校二年生の私が、よく、そんな風に自分を励ませたものだと思う。

この箇所はまだ記述が早過ぎると判断して、削除したのだろう。

B百四十八頁十六行と十七行の間には、本来、A三百四十八頁上段十行~下段十二行目が挿入されていたが、カットしている。それは初めて種付けの行動を見学したある娘が、家でその心配事を親に話し、安心したという逸話である。かなりの逸話が作品に加わることを考慮して削除したのだろう。

櫛引家の食事が済み、その後展開する土蔵の二階での二人の行為はいわゆるレズビアンだが、ふじ子にとってはもちろん初めてで、次に引用するB百六十四頁十七行から百六十五頁九行目まではAにはなく、新たに付け加えられたものである。

7 ところで、これは大人になってから考えついたことなのだが、同性愛という言葉だけで身慄いしていた女学生の私が、年上の櫛引秋子に愛されて、じっとり汗ばむほど仕合せだったことについて、こう反省している。男同士、女同士は肉体構造がおんなじだ。だから、おたがい、その気になれば、痒いところに手が届くように相手を愛してやることが出来る。男女の交わりではそれがうまくいかないこともある。相手の肉体をよく知らないからだ。道義的には批難されても、未開国でも文明国でも、男同士、女同士の同性愛（ホモ・セクシュアル）があとを絶たないのはそのためであろう。セックスは人類の存続のための機能なのだから、もちろん同性愛は好ましいものではないが……。

私達の場合、櫛引秋子も私も、学校でつき合っているうちに、相手に対してしぜんにそういう欲求を抱くようになっていたのだ。あの日は馬のタネつけ、土蔵の雰囲気、秋子の両親の夫婦ゲンカの率直な話などが、私達を行為に駆り立てたのであろう。馬のタネつけとはちがう不毛のホモ・セクシュアルが……。

この部分は、四十八歳のふじ子が半生の反省を告白する場合に初めて言える内容であり、性体験の未熟な女学生の身分ではこのような客観的な評価は無理である。やはり、追加するのにふさわしい文章である。

第七章は、女学校時代の思い出を描き、家事担当の小林かね先生の松野健二に対する浮気を描く。Ａの三百六十一頁下段十八行目から二十五行目まで櫛引秋子の結婚問題を扱った箇所が削除されている。やはり、本筋を描くに際してこれは不要と判断したのだろう。

その他、二人に関してはＢの百七十三頁や百七十六頁、百八十二頁、等に異同が多いが、百八十二頁のものを例示する。

8　そして、くだけた口がきけるようになると、二階に二人ぎりの席をつくって、中年女の厚かましさで、松野に誘いかけるようになった。それがもうむき出しなやり方で、衿もとから手を入れて松野に自分の背中を掻かせたり、畳に伏せって松野に腰をもませたり、いろんな手段を用いた。ただ（一緒に寝ましょう）という最後の言葉だけは口にのぼせなかった。

（B百八十二頁二行目〜五行目）

ここは、Aでは次のように、より詳しかった。

9　そして、くだけた口がきけるようになると、二階に二人ぎりの席をつくって、中年女の厚かましさで、松野を誘いかけるようになった。夫とはまるでちがう、丈夫でハンサムな松野のような男を抱かないでは、女に生れて来た甲斐がないようなものだ。――かね先生はそんな勢いだった。衿もとから手を入れて松野に自分の背中を掻かせたり、畳に伏って松野に腰をもませたり、さまざまなあくどい誘惑の手をさしのべた。ただ（一緒に寝ましょう）という最後の言葉だけは口にのぼせなかった。（A二百六十六頁中段　傍線部が加筆部分）

第八章は、ふじ子が父の東京転勤に伴って神田のA専門学校に入学が決定したが、その前に郷里における最後の逸話を紹介する。それは、父が女中に子を生ませた内容が主である。

本文異同では、Bの冒頭に近い部分がかなり省略されている。それは、女中のむつ子の母が訪ねて来ていろいろ話をするところで、Aの冒頭三百五十二頁上段から三百五十三頁中段までをBでは半頁ほどにまとめている。また、B二百九頁にも異同が多い。ここはAでは三百五十八頁の中段をほぼ省略している。一番異同が多いのは、終わりに近いB二百十六頁六行から二百十七頁四行の終わりまでのものである。ここは宗雄の「男性のシンボルで刻みつけてもらいたい衝動」を実行しなかったとBではなっているが、A三百六十頁〜三百六十二頁にわたって、結局、失敗に終わるのだが、一部始終を述べている。二人の交遊からすれば大事な描写とも言える。しかし、全体として紙数を減らすとなれば、カットはやむを得なかったのだろう。

さて、第九章以下最終十三章までの全五章は、Aでは九回から最終回まで全八回分である。それをBでは五章分に縮小しなければいけないので、省略等で整える必要がある。

内容的には、前述したように、母と田沢父子の出会い、その長男信夫とふじ子の結婚、父憲一と母の結婚、信夫の戦死後に、母の交通事故死、ふじ子と憲一の結婚、この間、野口弥作が自殺をする。こんな内容を限られた枚数に納めなければならない。したがって、かなりの削減が必要となる。以下、その経過を見てみる。

第九章は、Bの第九回と第十回から成り立つ。まず、全十一頁の第九回は最初の七頁がカットされている。ここは松木宗雄に宛てた書簡である。Bの最初二百十八頁から二百二十一頁十一行目までがそれに変わる部分で、その後は若干の補訂を伴うもののほぼAのカットされた続きが採用される。

ただ、Bでは憲一とみね子がデパートの外へ食事にでかけ、Aの信夫とふじ子がデパートの食堂で食事をするという設定に変更になっている。さらに、信夫とふじ子たちの会話が続く中で、B二百三十四頁十二行目から第十回をほぼアレンジして付け加える。従って、第十回では「信夫は、懐中ノートをとり出して、何か走り書きして女給仕にわたし、窓際の父と母の席に届けにやり、それから私を抱えるようにして、食堂を出た」とあるのが、Bでは、「母がそういう情の強い女であることがよく分かるのだ。私を初対面の信夫にあずけて田沢医師と二人ででかけた」と変更された。後日談も工夫されている。Aはふじ子が酔ってしまい、この後、信夫が売り物のベッドに彼女を連れて行くのに対し、Bはその後の話が面白く語られる。ただ、第十回は母子が父子の渋谷の自宅を訪問し、部屋の中を見て歩く場面で終了している。ただし、信夫は自宅へ彼女を招く。それに対して第十章の冒頭は母が夫に謙一を紹介するため、自宅へ連れて来る。

第十章は、第十一回分から成り立つ。冒頭のB二百四十七頁と二百四十八頁は野口家で親子三人がくつろぐ場面で、新稿である。B二百四十九頁〜二百五十頁は、A第十一回の三百五十九頁下段〜三百六十頁中段を引用している。また、章末の二百七十四頁はAの第十一回の章末三百六十頁下段を採用している。それ以外のAは全て破棄されていて、Bでは新稿である。以後、田沢家と野口家の交際が始まる。しかし、父一人で田沢家を訪問したことはない。

第十一章は、第十二回を基にする。田沢医院でのお産に立ちあうという場面はB二百八十頁から二百九十頁までについては、A十二回の三百九十頁〜三百九十四頁の最終頁を採用し、三百九十四頁の最終五行はB二九二頁の冒頭二行に採用されている。それ以外のAは破棄、Bは新稿である。

第十二章は、第十五回を基本的に使用している。Bの冒頭二百九十六頁から二百九十七頁十二行までは新稿だが、そのあとから三百三頁まで引用し、三百十二頁まで続く。ただし、その間、三百七、八頁はAの三百四十九頁からの引用である。ここでは電報が届いて父の別離を告げた内容を持っていた。その後仔細を記した手紙も届いて父の死が確実になる。父の遺書は三百十四頁から最終の三百二十七頁までほぼその通りに採用されている。

第十三章は、「父の死が確認されて半年ばかり経ってから、私は田沢信夫と結婚した」という書き出しだが、これはA最終回三百五十一頁十二行目とほぼ同様のものである。この章は、他にB三百三十六頁から翌頁にかけて、A三百五十頁〜三百五十一頁を引用したり、信夫の部下の報告を扱ったB三百三十八頁〜三百四十三頁をA三百五十七頁〜三百五十九頁から借用している。そして、そのあとも最終三百五十頁までAから借用している。

以上、AとBとの間の異同を見て来たが、結局、Aの第十三回と第十四回はBに採用されていない。ここは、親しみが増す野口家と田沢家との交際が進展する中、ふじ子と信夫とがついに結ばれる。一方、田沢医師と母が二人の勧めもあって、熱海に旅行に出かける。しかし、そこで母は旅行中の父に出会ってしまう。かなり紙数を費やしている。それを第十三章の冒頭が、先ほど引用した単純明快な一文で表現した。作者にすれば、止むを得ず、承知したのだろう。

全体的に見ると、全十六回分を全十三章に縮小しなければならず、初出文Aをカットすることを原則としている。その結果、かなり鮮明に描かれた動物の性描写や人間の性描写、人間の性器に関する描写、子供のための個室重視等々が削除された。馬の種付けや不倫等の記述も制限された。しかし、一方、女学校時代の友・櫛引秋子に関する記述は印象深く記され、彼女の逞しい生命力が力強く描かれて、印象を強く与える。彼女自身はもちろん、彼女を取り巻く村人や若者の姿も生き生きと捉えられている。彼女の存在を位置付けようとの意図がうかがえる。

特に、九章以下、十三章までの異同は特に激しく、全編をまとめ上げようとする石坂の苦労は恐らく並でなかった。

内容の検討

この手記は、以上の記述からも知られるように、娘と母の結びつきが強い。「顔立ちも気性も母に似ている」（B十二頁）と、記すように娘は自分が母と似ることを認めているが、それでは二人はどのように関係し、似ているのか、それともどこが違うのかを、見てみる。

明治時代に母は地主の一人娘に生まれて伸び伸びと育ったので、女だからと何でも縛り付けられるその頃の一般的女性の気質は希薄で、むしろ開放的、積極的な性格の持ち主であった。子供を一人しか生まなかったのは、夫の子はもうほしくないと思ったからだ。それは原始の世界では女達の本能は好きな人の子どもは何人でもという事を信じていたからである。この点も一般的女性の認識とは異なる。

①「(男と女は)五分五分よ。そりゃ男は大臣や大将や金持ちや学者になったりするけど、その代り女のように子供が生めないでしょう。女のお腹に子供が宿る。その子がだんだん成長し、お腹がふくれてズッシリ重くなる。それから出産がある。その間の充実した誇りに満ちた気分というものは、男がどんな仕事をしても味うことが出来ないものですよ……」

(四十頁二行目　Bに拠る。以下同様)

ここには、母の男に対する考え方が示されている。この時、ふじ子は小学六年。母は相手をしっかり大人と認識して相手にする。

②「これからも、おかあさんとふじ子は親子であってしかも女同士なんだから、なんでも相談し合うことにしましょうねえ。ふじ子はおとうさんとも親子にはちがいないけど、なんと言ってもおとうさんは男なんだから、ほんとにうちとけるということは難ずかしいからねえ。お前が成長ししだい、なおのことそうなるよ。そこへいくと母親と娘は、どっちも立ってオシッコが出来ない同士だものね。フフフ……」(同右頁十四行目)

ここも同様に、相手を大人としっかり認識した発言である。

③負け惜しみでなく、私は母のあけっぴろげな言動には慣れていた。ということは、母はそんな風に一人娘の私を育てていたからだ。こういう育て方には異論もあろうが、私自身は、母のやり方はあれでよかったのだと思っている。もちろん満点というわけにはいかないが……。

（九十六頁五行目）

ここは、小学六年の時、家の雪下ろしに同級生の笹田とその母が来て、雑談している場面である。笹田の母はまだ若くしかも容姿端麗である。みね子がその母に向かって「その器量なら好きな相手と再婚できる、再婚しないのは身体によくない、早くしなさい」と勧めている。母親は「息子やお嬢さんのいる前で」とその発言に否を言う、そんなやり取りを述べたものである。そういう母の育て方は回想時点の今から見ても賛成だと言う。

④（女は）死人に対する貞操よりも生きてる本人の仕合せを考えてやるべきだ。夫婦は一心同体なんてウソ！　独自の個性を備えた男と女が一緒になって夫婦になるので、その場合、二つの個性が一つに溶け合うということは絶対にあり得ない。（百一頁四行目）

ここもふじ子が六年生時に聞いた話だが、「よく判断はつかなかったが、女がそういう考え方で生きられる世の中がいつかは来るのかも知れない」と付け加える。その判断は正しく、明治から大正、昭和と社会の変化とともに、これが的を射ていると判断できる。

⑤私はふじ子を『箱入娘』に育て上げようとは思いませんから……。社会に起る出来事は、どんな暗いいやらしいものでも、大人の私たちと一緒に話し合い、考え合って、ふじ子の人間を鍛える材料にしたいと思っているのですから……。（百七十四頁四行目）

これは、先にも述べたように、村井家の夫婦と野口家の夫婦が、自殺した松野健二の話を始める際に、みね子を同席させるか否かの時の発言である。女学生の娘をこのような観点から育てようとする母みね子の考え方は当時はむろん現在でもかなり進歩的なものといえる。

⑥母の言葉は、私の若さでも否定しきれない、じめついた必然性を感じさせた。殊に自分の性格が、父やむつ子たちが内密でする情交にあるスリルを感じさせたのだろうという反省は、自虐的すぎはしないだろうか。私は人間であることをいやだなと改めて思った。父も、父に抱かれるむつ子たちも、それが分ってもなぜかはっきりした処置法を講じない母も、その間に挟まれている幼い私も、人間ってみんないやらしい存在に感じられたのだ。

（二百六頁四行目）

父弥作が「女中」のむつ子を妊娠させた時の話題を受け、母が小作人の立場を代弁するような発言をする。むつ子はその立場からいえば断り切れないが、何も楽しみがない彼女らの生活ではそれも楽しみの一つになっていたのではないか。このような意見を受けての発言である。まだ性経験のない娘にすれば、母の発言主旨はなかなか理解しにくいのではないか。

⑦私が交際と言ったのは、そうはっきりとではないが、恋愛を意味していたもののようだ。父のスキャンダルの埋め合せと言えばそういうことになる。私はその年ごろから、私たちは親子であるけど、父も母もそれぞれの個性をもった一人ずつの人間であると、客観的に考えられるようになっていたのかも知れない。

「正直言うと、私も今度出る東京の生活に、何かを期待しているらしんだよ。なんだか知らないが、一度でいいから〈生れてよかった!〉という思いにたっぷり浸ってみたいの。」

（二百九頁十行目）

ここは、⑥を引き継いでの発言である。母に東京生活の助言を言うが、「親子であるけど、父も母もそれぞれの個性をもった一人ずつの人間である」との発言は、もう女学校を卒業するというふじ子の人間的成長を示している。母のそれも生まれ育った津軽から大都会の東京へ出ての期待を現す。田沢医師との再会がそれに当てはまるのかもしれない。

⑧まずい夕食になった。しかし、私は、両親のそういう不快なやりとりに堪えることも、人生

を学ぶ一つのチャンスだと思った。腰を据えた母はちょっと私の両手にあまるガッシリと重たい存在だ。そして、父が気の毒に思えたりするから不思議なものだ。

私は食事をすませるとすぐ二階に上った。一人になると、クタクタに疲れていることが分って、私は畳に横たわった。とつぜん登場した田沢親子、コニャック事件、両親の感情のもつれ……。ともかく私達の生活はこれから変る。それだけは予想されるが、夢はもたない方がいい。ときどき階下から両親の押えつけた声が聞える。母を母、妻としてではなく、一人の女として感じることは、これまでの文学的な考え方とはちがって、たいへん難ずかしい事であるのが分る。裏切られるような感じさえする。しかし、それは私が常識の垢にまみれすぎているからだろう。母よ、信念をもってあなたの道を行きなさい……。

（二百五十頁九行目）

東京に出て来て、母は以前H市で交際していた田沢医師と偶然出会う。その息子の信夫も一緒である。それぞれ二人ずつに分かれて時を過ごす。帰宅すると、両家の今後の交際を認めたものの、父はご機嫌斜めである。娘の「私」は、母が一人の女としてこれからどのような交際をするのか。それを想像すると、頭が混乱しそうだ。結局、「母よ、信念をもってあなたの道を行きなさい」としか言えない。ここでは娘は親の恋愛を客観的に認めることができている。

⑨「ふじ子、生きていくって大変なことだろうが……。お前、うちのおとうさんの内緒話はし

なかったろうね」

「絶対にしないわ。信夫さんのおかあさんのように亡くなってしまえばともかく、うちのおとうさんは生きていて一緒に暮していているんですもの」

「ほんとに喋るんじゃないよ。これで、私達、あの世に行けば、おとうさんは極楽、私は地獄にいれられるかも知れないんだからね。生きてる人間のこざかしい判断なんてあてにならないものだよ……」


私はそういう深い見通しをしている母を（えらいな）と思った。父が帰って食事になったが、あれ以来、食卓の雰囲気がどうも水っぽくて溶けあわない。（二百七十三頁十二行目）

田沢父子と交際を始めるが、息子と会う娘に、母は夫の不始末（何人もの女との浮気）を話していないかと確認する。もちろん、内輪の恥を晒したくないとの見栄もあるだろう。しかし、相手にそれが原因で自分らと交際し始めたのではと、疑われたくないとの思惑もあるかも知れない。母としてはそういうものなしで、対等な立場で交際をしたいのだろう。娘はそういう母を偉いと見ている。しかし、客観的に見て、野口家の雰囲気は次第におかしくなりつつある。

⑩「私だって貞婦・烈女ではありませんからね。ところが人間の感じ方っておかしなもので、おとうさんにあんなことがあったから、自分は絶対にしてはならないんだと、反対なことを考えこんでしまうんだね。……こんな事を言ったからって、私は田沢先生を誘いこむような

おつき合いをしているわけではないんだからね。それだけは信じてもらいたい。……それに変な話だが、お前が、理屈の上ではおかあさんも遊んだっていい、遊ぶ権利がある――と考えているにしても、じっさいに私がよその男と遊んだとすれば、お前は理屈ぬきで、死にたいほど不快な気分に襲われるにちがいない。お前は今日までのような過去を持った私を母親として好きなのにちがいないのだから……」（二百九十五頁一行目）

前の⑨を受けて、母の複雑な心理を表明している。⑦のように新しい生き方が田沢との交際だとしても、ここに語られるように、母は子供のことを考えざるをえない。夫の過ちを単純に許すことができず、かといって仕返しのようなことをすることもはばかられるという心境である。

それでは、次に、娘が母親から受けた考え方はどのようなものであったのかを、今までとは違う角度から見ていきたい。

⑪お金をひろって平気でいる母に対する違和感（母に気づかれはしなかったが）は一週間ぐらいでおさまった。父や母は私にとって大切な存在だが、しかし、父も母も、人間とは不完全な生きものであるという限界を超えることが出来ない存在なのだという真実が、年ごろ相応に理屈でなく呑みこめていたからであろう……。（七十五頁十一行目）

ここは、小学生の頃、友人の松木宗雄と二人で、偶然手に入れたお金をわざわざ道路に置きっぱなしにして、誰がどんな風に拾うのかをみてみよう、とする場面である。結局、三人目に母と宗雄の母が二人連れでやって来てそれを拾うのである。二人が拾うのをみた子供たちはショックで言い争いになり、帰宅後もふじ子は押し入れに入ってなきじゃくり、ここにあるような「母に対する違和感」は一週間も続き、それが、「父も母も、人間とは不完全な生きものである」と認識するようになるのは、それからかなりの年月を要する。

⑫神さまは人間をつくる時、血の中に善と悪の要素を混入させた。そして、女には、月に一ぺんその悪血を排泄する生理作用を与えたが、男の悪血は身体の中にたまったきりだ。それが男の動きを精力的なものにする。ただし、女は妊娠すると血液の排泄作用が止まり、それが胎児の栄養分の一部になる。

こういう生理の差別が、男の生活力を、外見、積極的で強力なものにし、女のそれを、消極的で控え目なものにする。そして、古い時代の神話、宗教、思想では、男女関係に関するかぎり、どこの国でも男尊女卑の習俗であった。

（中略）

そして、世界の女性が、長い間、そういう不平等な待遇に堪えて来られたのは、男がさか立ちしても出来ない、人類の子孫を生む生理機能を備えていることが、無意識な自信となって彼女らを力強く支えて来たこと、いま一つは、神さまから与えられた血の中の悪の要素が、毎月の生理で、少しずつ体外に排出されること、その二つが男の下積みにされている彼女らの立場を、内面から支える、心理的かつ生理的な要因になっていたのであろう。

反対に男の場合はどうか。彼らの体内には血がありあまって精力にあふれている。その生気が、文化・文明を進歩させる主導権を彼らの手に握らせたのである。宗教・哲学・思想・科学――みんな男らの力で開発されたものばかりだ。だが、男には女とちがって、血液の中の悪の要素を体外に排出する生理作用がないものだから、それがしだいに鬱積して、戦争のような大がかりな暴虐行為となって爆発する。(中略)

そして、彼らが原始の狩猟本能に駆られて殺した分の人間を、私ら女は、妊娠し出産して、埋め合せしているわけだ。そして、女が男に較べて、すべての面で、控え目で消極的にみえるのは、月々の生理作用で悪血を排泄し、妊娠・出産という、男どもがリーダーシップをにぎっている文化・文明以前の、素朴で大切な役目を果たしているからだと思う……

私の女の生理に関するこういう考え方を、哲学者や科学者は一笑に付するかも知れない。それならば、私の方からも彼らに反問したい。あなたがたは自分の国が大量の人命を奪う戦争をはじめた時、なぜ熱狂的にそれに協力するのですか、と。哲学も、科学も、人間の命を尊重し、それを充実させるのが本来の使命ではないのですか、と。

(百十二頁三行目~百十五頁一行目)


ここは、ふじ子が初めて生理を迎えた日のことに関してそれを発展させて述べたものである。

ふじ子は自分の部屋で、出血のために身体が弱って死んでしまうのでは、と考えて股下の脱脂綿を何度も確認する。また、学校内外の日常生活も生活の裏付けが濃いものになってしまう。しかし、ここの引用は、もちろん、この自伝を執筆中の四十八歳の時の考え方を述べたものである。女学校を初めとして彼女がそれまで受けて来た教育の質の良さや高さを示すものといえる。それまで彼女が接して来た母の持ち得ぬ考え方である。

⑬男女を問わず、国民の生活が墓場まで保証される社会が出来たら、女は地位に対するソロバンでなく、子宮で夫を選ぶのが第一義の道ではないだろうか。（お断りしておくが、ここらも現在の私の主観に基づいた記述である。しかしその芽は女学生の私の中にきざしていたものであることはたしかだ……）（百七十六頁十四行目）

ここは、⑤の村井家と野口家の四人が集合して話し合いをした時の感想に後日付け加えたものである。「子宮で夫を選ぶ」というのはかなり大胆な結論だが、それを女学生の時に芽生えさせていたというのは、母の影響からみても納得ができる。男性と女性とに分類して物事を考えるというのは、それまで例えば、結婚に際して女性側は男性側の資産や家族構成、容貌等を総合的に価値づけて判断するのが一般的だが、それらよりも性の相性を第一に考えるという。これは、この作品の発表時期以降に登場するウーマン・リブの運動で重視された思想である。

⑭私が夢みている夫婦の関係は、夫と妻が五分と五分の力で押し合い、牽き合い、調和がとれているといった風のものだった。大げさに言えば、そそり立った絶壁の上で、二人がしっかりと手を握り合っているといった関係だ。（百七十七頁十六行目）

⑬に続いて、男女の在り方について言及している。正に理想的な夫婦関係と言える。この時、私は女学生だから書物からの影響もあるかも知れないが、父と母を反面教師として学んだのであろう。

⑮アメリカに長く留学していた学校の化学の先生（女性）が、あちらでは、男子だけの学校、女子だけの学校では、たくさん並んだ学生用の便所に扉が一つもなく、前を人が通ったりするのに、みんな平気で用をたしているということを教えてくれた。（中略）

若い男女がうしろぐらい気持ちがなく交際し、たくさん並んだ扉のない便所で、男同士、女同士がこだわりなく用が足せる心理は、日本人の場合、五十年も百年も先きでなければ出来上らないような気がして心細い。というのは、この開放性は便所だけでなく、社会生活、個人生活のすべての面に作用するにちがいないのだから……。更にこの問題にひっかかって言えば、私は外国に留学した先生がたが、あちらの学問や歴史、風景など表向きのとりすましたみやげ話ではなく、若い男女の性欲の処理の仕方、便所の風習などのようなくだけた日常的な主題について話を聞かせてくれた方が、日本人——殊に青年男女にとってはずっとた

めになることだと思うのだが……。（二百二十二頁十二行目）

ここは、東京に出て来たふじ子らがデパートで水洗式のトイレを使用してその便利さ快適さを自宅でも味わいたいと願う場面を受けての記述である。内容はトイレから社会生活、さらには理想の外国土産へと三段階に発展するが、大枠は首肯できる。

⑯「ぼくも大きくなるまでは、それらのことを思い出しても、ただ微笑ましいだけだったんだが……。ホンヤクで外国の古典類、例えば旧約聖書などを読んでいると、母子相姦の話がしばしば出てくる。それでぼくは、母のあの溺愛ぶりも、自分が生んだ子の全ては自分のものであるべきだ、その子が性の欲望を抱くようになっても……。また、子供の方でも、自分のすべては自分を生んでくれた母のものだ、性の欲望もそれは母に還元すべきだ——、そういう原始的な本能の芽を孕んでいた溺愛の仕方じゃなかったのかと、ちょっとゾッとしましたね。そして、父の配慮を、よかったなと思うようになりましたよ」

淡々とした調子で恐ろしい内容のことを語られて、私は胸が凍るようなショックを受けた。それを信夫に悟られないように努めたが……。世間では母性愛と言ってるものの中には、たしかに母子相姦の要素も微量にふくまれているのかも知れない。（二百六十頁六行目）

東京で田沢信夫と交際中の話である。彼が母子相姦のようなことを「私」に言う。父の配慮とは、小学校入学後、彼を父憲一が別の部屋で一人寝させたことをいう。「私」は彼の話を聞いて、「雪下ろしに来た笹田母子の例を思い出す」とその後に続ける。母が貧乏暮しの侘しさに堪えかねて男と交わっていたことを知った彼が母を犯したのだ。そして、母子相姦の原始的な歓びを認める。

このように見てくると、ふじ子は明治生まれの母に育てられて当時としてもかなり進歩的な女性になったようである。男女は結婚しても同権であり、話し合いを重視するという考え方を持つようになる。

さらに、母からそのような考えを学んだ娘はトルストイやドストエフスキーなどの翻訳を熟読するなどの読書によって一層、思考を深め、夫婦は人間としてお互いに不完全であると認めつつも、互いは五分と五分の立場で話し合いを重視するべきであると考えるようになる。

終戦後の約二年後は二十五歳だから、執筆時には四十八歳になった「私」は男と女は決定的に異なる。女の生理作用は男には欠けるもので、神が血の中に善と悪の要素を混入させた。女にはその悪血を排泄させる生理作用を与え、その子を生む作用を与えた。男はどうか、悪血が体内にとどまったままで、それが男を精力的にする。

また、同性愛や母子相姦も否定されるべきではないとの考えも抱く。

このように、「私」は男女間や夫婦間に関する独自の考え方を形成する。いわば『ある告白』は「私」という進歩的女性を描くことに目的があったといえる。

しかし、いくつかの点でこの作品に対して指摘しなければならない。第一に、ふじ子が戦死した信夫と結婚するまではそれなりの分量で二人の性格や考え方について紙幅を費やしていた。しかし、結婚以後は、お互いを知るためのエピソードがそれまでよりも少なく、ましてや、信夫の父憲一との結婚やその後の生活等についてはかなり遠慮して筆を省略している。第二に、彼女の職業は国語教師ということだが、その立場での体験や発言も全て省略である。四十八歳の執筆時点まではかなり人生経験が積まれたはずである。それらも叙述されていない。

おそらくこれらは単行本化するに際して大幅に改訂せざるをえなかったことが最大の事由だと考えられる。単行本末尾は次のような文章で終る。

娘時代からずっと国内で戦争を体験させられた私にとって、宗教も哲学も思想も、平和な時代の飾り物のような気がして、しんそこから信じる気になれない。そして、いま中年の主婦となった私の生活に織りこまれているものは、セックスの痕跡だけであるという気がしている。そして、私のこの長ったらしい回想記はそれを告白したことになるのであろう。

この文章はAの第十六回末尾と同一文である。しかし、同一文であるならば納得がいく。先の本文異同で見たようにAでは「セックスの痕跡」がそれ相当に描かれていたからである。例えば、異同番号の3、4、5はいずれも小学校時代の性について述べた部分だが、全てカットされている。6は女学校時代の性描写をカットしたもので、7、9は性描写を充実させるために追加したもの。また、第八章では宗雄とふじ子の性描写がAにはあったものの、Bではカットされている。

さらに、ふじ子と信夫の性描写も第十三章にあったものの、同様にカットされている。
このように、ことごとくと言ってもいいように作品の重要な要素である性描写がカットされてしまっている。これでは「セックスの痕跡」は皆無に等しい。

おわりに

それにしても、このような男女対等の思想を石坂は何時どのようにして学んだのか。この作品よりかなり前になるが、昭和二十八（一九五三）年一月に執筆の「希望新たに」（『あのこと・このこと』所収）という文章がある。次のような内容である。

終戦直後の日本は民主化騒ぎでわきたっていた。ところが、敗戦の深刻な打撃がしずまり、世の中が昔の姿に帰ると、天上の高さまで祭り上げられていた女性の地位はみるみる今日の状勢にまで後退してしまった。それは、男女関係の民主化運動が天降りのもので、女性自身の意欲や男性の真の協力がほとんど加わっていなかったからである。

しかし、その運動を通じて多くの女性達の心の中には、女性の人格についての自覚が芽生え、自分達の生活を男性並みに向上させようとする意欲が燃え始めるようになったことは確かである。日本の婦人達はこの自覚と意欲を立ち枯れにさせることなく、女性の人権を確立するために努めてもらいたい。日本の社会や家庭における男尊女卑の風習は、歴史が古く、一種磨きのかかった習俗になっているぐらいだから、正しい形のものに改めるのは、一朝一夕ではできない。男性の持つ優越感や女性自身に内在する劣等感を拭い消すだけでも大変な努力が必要である。気長に辛抱強くやってもらいたい。

せっかちにならずに、いつも目標を見失うことなく、根気よくそれに近づく心掛けが大切である。自分の時代に出来なかったことは娘の時代に、そして、娘の時代にダメだったら孫娘の時代にというふうに継続されていかねばならない。

大凡、このようなことを述べている。女性の自覚と男性の協力を強調する。まさにこの作品世界と同様のことを主張している。

また、六年後の「もっとゆとりを」（昭和三十四年十二月執筆『ふるさとの唄』所収）では、アメリカ映画を見て、犯された女性の扱いに対する日本と米国の差を述べた後、「残念ながら、私どもの社会生活の中には、男と女、夫と妻、主人と奉公人、しゅうとめと嫁、その他の人間関係で、道理の光線が通らない、陰惨でジメジメした部面が、まだたくさん根をはって存続しているように思われる。これは賢いインテリたると素朴な庶民たるを問わない。」と指摘する。つまり、夫と妻の関係で言えば、まだまだ戦前と同様に夫は家の中のことは妻任せで何もせず、妻は食事以下の家事だけに専念するような、そんなふうである、と指摘する。

このことは、その二年後の「いつも考えること」（昭和三十六年一月執筆　同上書所収）における、「男と女、夫と妻、社会と家庭という一対の問題を考えつめていくと、そこにはもっと合理的な、万人を納得させる充実したくらし方があるべきだと思う。日本の女性が家庭向きな点で世界一級だと称されるのは、裏を返せば、日本の女性がそれだけ不当に扱われているということなのだ」との主張と一致する。

このように石坂はかなり早い時期から男女の問題にいわゆる進歩的な考え方をもっていた。この作品が発刊された昭和四十五（一九七〇）年というのは、その年末にウーマン・リブの初めての街頭進出があり、東京で我国初のウーマン・リブの大会が開催された。それ以前の十数年間は、日本は高度成長期を続けていた。

しかし、それは多くは男性のモーレッツぶりによって実現したもので、女性はそれを支える専業主婦の地位に甘んじざるをえなかった。しかしながら、この時期、女性のパートタイマーが次第に多くなり、社会進出が進んだ。とはいえ、賃金の男女格差は大きく、定年も両者間に差別は存在した。結婚後も働く女性たちは保育所の開設や育児休業制度の導入を要求した。

このような女性の社会進出を可能にした一つは「家庭電化時代」の到来である。これは昭和二十五（一九五〇）年代後半のことだが、これは共働きの女性だけでなく、専業主婦の生活をも変更する。昭和三十五（一九六〇）年に、全世帯の六〇％が核家族世帯だが、以後、それはいっそう急速に進行する。また、この時期は、結婚は恋愛が主流となり、舅姑抜きの相手を選択する傾向が強かった。こうして、女性に対する環境は戦前と比較すると、かなり良くなったと言えるものの、まだまだ差別が解消されるまでには至っていなかった。石坂の発言に対応するような女性の人格確立に向けての発言はその後どのように変化していくのか。

早くも昭和三十（一九五五）年に石垣綾子「主婦という第二職業論」が発表され、これに対する賛否両論が激しく交わされた。その後同四十（一九六五）年に磯野富士子「婦人解放論の混迷」を契機に再び論争が交わされ、いわゆる主婦をめぐる論争が展開した。上野千鶴子氏はこれらを『主婦論争を読むⅠⅡ』にまとめ（昭和五十七年　勁草書房刊）、これを女性論の原点として読み返る必要を説く。

この論争を皮切りにするかのように先に記した通り、昭和四十五年に入ると、日本にもウーマン・リブの運動が起る。初めての大会が同年十月二十一日に実施された。同年十二月三日『毎日新聞』朝刊は「’70のウーマン・リブをふりかえる」という特集で田中美津の主張を紹介する。

「小さいときから〝結婚こそ女のしあわせ〟って骨の髄までたたきこまれ〝女らしさ〟を強要されてきたのが私でしょ。そしてあなたでしょ。女らしくということは、処女らしくということで、性を恥ずかしい、口にすべきことではないことと卑しめる〝性否定人間〟に育てられてきたわけ。性否定の社会こそ、女を〈女〉として生かさずに〈妻として〉〈母として〉という男と社会にとって都合のよい役割を女に押しつけてくる元凶だと思うの。だから、女の解放は、家事を機械化したり分担したりしてすむ問題ではなく、女を〈女〉として生かさないことによって成立っているいまの社会体制をぶちこわすことによってしかあり得ない。それはいうまでもなく、男の解放と同時に獲得されるのです」

（この文章は、天野正子「問われる性役割――「自己決定」権の確立に向けて」（『日本通史』第21巻一九九五年刊）に拠って教示を受けた。ただ、初出にあたってみると、残念ながら若干の誤植がみられたので、ここで訂正した。）

女性を性から遠ざける思想を完全否定するこの文章は、先に紹介した石坂の考えに類似し、かつ小説『ある告白』における性を積極的に話題にし、なお学習しようという女性上位の思想とも近いものであることが知れる。両者の発表年月も近い点から石坂が学んだことも推測されるが、「希望新たに」はさらに十七年も前の発表だからそれは否定されてもよいだろう。

田中はその後のリブ運動の中心人物として活躍するが、彼女と石坂の接点は発見されていない。しかし、両者のつながりはなくとも、その思想の類似はやはり、注目するべきだろう。

リブの運動はその後「男女雇用機会均等法」を成立させる（一九八五年五月）など一定の成果をみせた。

10　『血液型などこわくない！』と一夫二妻

短編集『女であることの実感』を刊行した後、石坂は「キノコのように」を発表し（昭和四十三年七月）、続いて「ものぐさな男の手記」（昭和四十三年九月）「ああ、高原！」（昭和四十三年十一月）と発表した後、長編「ある告白」を執筆、「血液型などこわくない！」を加えて（昭和四十五年七月）、前三作の短編と共に『血液型などこわくない！』を刊行した（昭和四十五年八月　集英社）。ここでは短編集『血液型などこわくない！』について検討する。

第一作「キノコのように」は、流行推理作家の富沢市助が映画鑑賞のあと、有楽町で鞘磨きをさせたその相手が偶然にも従弟の倉橋五郎だったところからスタートする。二人の再会は三十年ぶりのことである。

久しぶりの、再会を祝って市助は五郎の家を訪れる。一升瓶に寿司、シュウマイ、おしん香、菓子、バナナ等々全て市助のおごりである。彼の家は蔵前橋をわたって、二、三度曲がったみすぼらしい商店街の裏に汚い倉庫にくっつくように二階建ての家がまるで湿地にキノコが生えるように四五軒建っていて、そのうちの二軒目の家だった。

彼より十歳ほど上の、さと子という妻が迎える。家の中は、よく手入れがされているものの、壁が落ち床板がゆがみ、最低の貧しさを表現しているように感じられた。

市助はその後の五郎の経歴を聞く。五郎の父親は肺結核の妻を離婚し、民子という後妻をいれたが、自分も肺結核を煩い、入院する。民子は勝気だが、丈夫で色っぽい身体つきをし、頭もまわる女だった。

彼女は父と五郎のためにつくしたが、五郎はそれが憎しみに変っていく。自分の身体を切り売りしている金じゃないか、それに親父では満たしてもらえない不満をよその男で満たしている、こんなふうに考えた五郎は継母に復讐を考える。それは、継母を継子の自分が犯すという計画だった。それが実行されたが、継母の五郎に対する態度は非常に親切で、それから、二、三カ月行為が続く。しかし、ある日、五郎は性病に罹患していることに気づく。すでに相手が五郎だと見抜いていた継母が医者代とこの町から出て行くための費用だと二千円を渡す。

五郎と市助が話している最中、二階を借りている末子という女が便所の使用のために降りて来た。まもなく、溜壺に糞便の落ちる音がした。すると、五郎が「ひとうつ……ふたあつィ……、みっつィ……」と数え上げる。すると、便所の中から「およしよ、倉橋さん、お客さんのいる前でさ。……出るものが出なくなってしまうじゃないか」と聞こえる。

便所から尿のほとばしる音が聞こえる。五郎は相変わらず無表情で「在郷《じゃいご》のおがさま　腰コかがめで傘《からがさ》　しょんべん　ジャアー！」とはやし立てる。

末子は、その後、一時仲間に加わって、二階へ上がって行く。まもなく、市助が帰宅の意思を告げる。マンションの自室で市助は先ほどの興奮が覚めずに、ランボオの本を出して、糞尿の作品を確認する。改めて自分の今の生活を省みる。こんな内容である。

この作品は初出誌（A）と単行本（B）とでは本文の異同が少ない。初出に若干の補訂をしている程度である。例えば、「五郎の父親の肺病は、ホステスの民子にのぼせて、農村の実家に追い返した五郎の実母の文子からうつされたもので、親戚の人達は、天罰てきめんだと噂し合っていたものである」（B十三頁四行目）の傍線部は補正されたものである。

また、Aでは「こいつはわしよりも十五年上なんだ」（五十五頁）が、Bでは「こいつはわしよりも十も年上」（二十一頁十一行目）と訂正されている。その理由は、作中では五郎は五十七歳と設定されていて、作中にさと子が「今でも男女の営」（A四十四頁、B三十七頁十二行目）とある以上、これとの整合性からもそれだけの補訂にとどめたのであろう。他にも、約二十箇所は存在するが、さしたるものでもないので紹介は略する。

この作品では、五十九歳の市助が五十七歳の五郎と久しぶりに会って、その様子を見聞して、相手の様々な挙動に刺激を受け、合わせて自身の年齢にも思いをいたす。

まず、「キノコの感じがする」家ではもちろん、自身のマンションとの比較がなされるものの、そこに住み込む彼ら夫婦の生活の一端に対しては、自然さを感じ、素直に首肯できる。

年齢的に不似合いなこの夫婦の行為の全てに同じトーンが感じられ、お互いの間に心理的な屈折がまるで受け取られない。

五郎と継母とのセックスについては、背徳的な行為だけに推理作家らしいカンが刺激されて先を催促したが、話の終了後、五郎が「今日のガード下のショバにはもう行かない、市さんもこの家に来ないでくれ」と言う。その理由は、自分達のかつかつの生活と市助のそれとの落差を知り、まともな交際ができないあるいはしてはいけないと判断したからと推定される。

また、末子が便所を使用している最中に五郎が数え出し、唄を歌う場面で、市助はその唄を聞いて、余りにも懐かしく危うく涙ぐみそうになる。二人がまだ子供の頃、町へ用足しに出た百姓女が横町や小路で腰をかがめて立小便をしているのを見かけると、そうはやし立てて、子供たちが逃げ出したものだったからである。

「なあ、市さんよ、わしがいまあの小母さんのオシッコをからかった〽傘《からかさ》しょんべんジャアー！　というはやし言葉、覚えてるかね」

「ああ、すっかり忘れていたのを思い出して、とてもなつかしかったよ。女はオシッコの出口がひろいから（傘しょんべん）かあ、うまいことを言ったものだな。（略）」　（B三十六頁）

家を出て、タクシーを拾うまで送りに来たさと子は彼に言う。「私はうちの五郎よりグンと年上のばばあですが、五郎の男の欲はちゃんと満足させてやってるんですよ。年をとったって、女の身体は、男を受け入れられるように出来てますからね」と。これを聞いた市助は、次のように考える。

市助は、七十近いと思われるシワくちゃのばあさんから、男女の営みが可能である（もちろん受身の形においてであろうが）と聞かされて、セックスにこんな醜怪な面もあることをはじめて見せつけられ、同時に、女のいやらしさ、女の下等な根強さを、改めて思い知らされたような気がした。それを無意識に感じさせられているから、市助は女房をもたないのかも知れない……。（B三十七頁十三行目）

これも今回の来訪の成果の一つと見なされる。

ところで、帰宅後の市助は五郎のはやしたてたのと似たようなことを記した本を見た気がして、書棚から『アルチュウル・ランボウ研究』を取り出して確認する。少年時代にスカトロジーにとりつかれたランボウに対して、五郎は「いっさいの情熱を消耗しつくした老年になってから、人間の排泄の現象だけに、細い一本の髪の毛のように人生への関心がつながれている所がちがうようだ。人間の生存の現象を追いつめていけば、たしかに、（糞）と（尿）の線でいきどまりになるのではないだろうか……。」（B四十頁一行目）と考える。

それに対して、自分の生活は、と市助は考える。安直な小説を書きまくってお金を稼ぎ、見かけのいい生活をしている。「どこか人間の少い田舎へ引っこみたい。そして、土中から生えだした、人間には食えないキノコのようなボロ家に住み、人間には食えないキノコのような起伏のない生き方をしたい」（A四十頁十一行目）「……ぼくは憧れるなあ、ああいう食えないキノコのような人間の底辺の暮しに――」（B四十一頁一行目　傍線部はAにはない）。

このように、この作品は流行推理作家である富沢市助が久方ぶりに従弟に会って、懐かしさを愛おしむだけでなく、彼の生活に自身が欠けるものを見出し、それに強く憧れるという内容であった。それは人間の生存の最期の存在である糞尿に生き方を見出している彼の姿である。

次は、「ものぐさな男の手記」について述べる。まず、本文異同について、雑誌本文のAで足りないものを単行本本文のBで補うという型が殆どで、二十数箇所存在するが、例えば、主人公が結婚する相手から言われたセリフである。

「ねえ、貴方は経験者だから分るでしょうが、私の身体って男を楽しませる方？　平凡な方？　正直に教えてよ。女って美人であることは誰も希むけど、それと同時に、自分の肉体が男性を喜ばせるように出来てるかどうか、こっそり気にかけているものなのよ。女のそこの部分の身体の出来かたを、世間の男たちは（一、なになに、二、なになに、三、なになに……）と等級をつけたりしてるんでしょう。ねえ、私のは……？」（B七十九頁三行目）

ここの傍線部が加筆したものである。かなり、大部だが作中でもこれは珍しい。他の事例は省略する。

この作品は、長編「ある告白」のように六十五歳の歯科医・野崎高夫の半自叙伝である。タイトルにあるように彼はものぐさな、保守的傾向が強い性格の人間に設定されている。それは故郷の津軽から上京して、麻布の稲荷神社の離れに四年間下宿していた頃に主に形成されたという。

彼の半生とはいうが、それは性生活に関するものが主である。生家の近くに遊郭があったことから、小学一、二年頃、子供たちはそれぞれ局所をふれあわせるという「女郎ごっこ」をした。しかし、そういう子供たちが将来、女狂いしたような者は一人もいない。彼らは性に対する免疫性を付けることができたからである。

上京した「私」（野崎）は神社の離れで生活していたが、その部屋は壁一枚で一家使用の便所があり、その度に「私」はその音や匂いに襲われていた。そういう場所で、二人の女性と体験する。一人は神主の長女であり、一人は妻である。最初、結婚して六カ月の妊婦になった長女由美子が、こんな時期に他所の男と接すると、栄養剤を注射されたことになり、赤子の発育にも良いとの理由から迫ってくる。「私」はその理由に納得しないものの、刺激を受けて相手をする。そういう行為が出産ギリギリまで続く。出産後、六、七カ月後また妊娠したと言って由美子は、さらに「私」の元へ通い出す。母のはま子は娘とのセックスの最中に訪れたため、「私」と娘との行為が発覚する。しかし、母はその後すぐに「私」を求め、以後、定期的にやって来るようになった。彼女は夫が浮気をして、心中、不愉快に感じていたので、その腹いせもあった。

こうして、二人の女を相手にする「私」は、「読者は私の背徳を責めるかも知れないが、私に率直に言わせると、あなたがたの拠り所は通俗的であり、社会契約のマンネリズムに陥っている」（B七十七頁四行目）と述べる。

歯科医学校を卒業した後、その下宿を出た「私」は、母校の診療所に勤務し、神田の高級下宿に移って、そこに三年間勤めて、二十五歳で同級生の川村信子と結婚した。結婚を機に実家から援助を受けて上野に歯科医院を開業する。

二人の間に長男、次男が誕生したが、大学予科生の二人は登山で死去した。それを受けた信子の衝撃は大きく殆ど立ち直れないまま五十八歳の若さで脳溢血死した。「私」はその後、マンションの一室に小さな医院を開業し、のんびりと過ごす。

ある日、渡辺英子という女性から手紙を受け取った。彼女は今、長崎に住み、修道院の病室で修養中だが、余命いくばくもないという。一度、神社の離れで交わった女性だった。彼女は熱心なキリスト教信者で婚約者もいた。

それは、彼女が来室中に別の客が来たため、彼女を押し入れに閉じ込めた時だった。私の夜具や未洗濯の下着類の匂いに彼女は襲われ、かつ、隣のトイレからの物音や異臭も悩ます。客は吉原での女郎買いの自慢話をしきりにする。

客が帰った後、彼女は押し入れから飛び出して言った。「高夫さん、松本君が売春婦にしたような行為を私にして下さいな。私、どうしても貴方にそれをしてもらいたいの。……私、押入れで過した短い時間のあいだに、私はクリスチャンである前に、人間の女、人間のメスであることを、泥水に浸るように身体中で感じさせられたの」（B八十九頁十六行目）と。二人は行為に陥る。

何十年も前の行為を述べた手紙を読んで、「私」は素直に理解できた。それを読み、改めて気づかされた。それは、四年間のあの離れの生活で「私」も被害（影響）を受けていたことを。あの当時、「私」はトルストイ、ドストエフスキー、バルザック、聖書、レーニン、マルクス解説書、正宗白鳥、チェホフ、等々読書好きで様々な書物に目を通していた。しかし、それが「私」の精神を奮い立たせるということには一向にならなかった。いまから思うと、すぐ目の前の便所の物音や匂い等で皆帳消しにされたのだと思う。つまり、ふだん耳にしている糞尿の音が多分に人工的な成分を含んでいる「私」の人間的な良心を薄弱にしていたからだろう。

こうして、手記は「慣れない仕事で疲れた」ので、終了する。

このような「ものぐさな男の手記」は、明らかに「常識を否定し、原始（糞尿）を肯定する」との思想を表明したものである。最後に、作品は「常識派の紳士淑女諸君よ。私のこの手記のあらかたを否定してもいいから、人間の原始以来の生理——すなわち、脱糞・放尿する便所からベニヤ板一枚へだてたあたりに、子供さん達の勉強部屋をつくらないよう、これだけは強くおすすめしたい」（B九十八頁五行目）と記して終了するが、ここには作者の強い思いが込められている。

それは前作「キノコのように」において市助が五郎の唄う歌に涙ぐみ、糞尿に人間の最後のシンボルを感じたことと共通する。「私」が神社の離れに下宿していた頃、母娘をかわるがわる抱いてもさほど良心の呵責を受けなかったのは、ふだん耳にしている糞尿の音が「私」の人間的な良心を薄弱なものにしていたからであり、渡辺英子は押し入れに隠れて羽目板一枚隔てた便所で入れ替わり、用を足す気配を伺わせられて、若い信仰も崩壊してしまったからである。

次に、「ああ、高原!」を見る。これは、セックスと排泄の要素をミックスした作品を二編書いた作家の「私」が次作を書きあぐねている時に送られてきた田沢信夫の手記を紹介するという内容である。ただ、本文異同が前二作と比較して多いので、それから検討したい。

　これには大きい異同が四点存在する。最初は、冒頭部分で、「突然お手紙を差し上げます」と始まる前に雑誌（A）と単行本（B）とも作者の近況が記述されるが、Aを適当に書き換えてBを完成させている。Aでは、エッセイ風に「谷崎潤一郎の短編に、こんな内容のものがあったと記憶する」と書き出して、それの紹介、さらに、それへの不満、ヘンリー・ミラーの引用、自作の短編二点への言及、軽井沢の近況、等々が記述されて例の手記が送付されたことを告げる。

　こういうAに対して、Bは先の内容をより整ったものに書き替えている。最初に軽井沢の近況を述べ、自作短編二点を紹介し、それに絡めて糞尿とセックスに関するヘンリー・ミラーを語り、さらに谷崎潤一郎「少将滋幹の母」を取りあげて言及、さらに書斎の近況を語って、手記を手にする。最初あいまいだった谷崎の作品名もあげていて、内容の言及もするどい。結論として、Aより書き直したBの方が内容的に良いものになった。

　その手記は、弘前出身の田沢信夫（三十七歳）と妻タミ子（三十七歳）が二十四歳の夏に体験したことを記してある。男四人（Aでは三人）女四人で岩木山の麓の湯段温泉で十日間のキャンプをした時のことが主に執筆されている。

　先ほどに続く第二点目の大きな異同はAの四十四頁中段十三行目に、B百十四頁十五行目から百二十七頁三行目までが大幅に加筆されたことである。

　ここには、①男女のトイレを作り、使用中は青い旗を立てるという決まりだったが、何度かそれが無視されてお互いに裸の姿を見てしまうというハプニングが紹介され、②雨で民宿の部屋を借りた際の、農家の夫婦の性行為を夜中に目撃し、③高原で霧が立ち込めて一メートル先の見えない時のこと、突然全裸で男女が交わる姿を幻のように発見し、後日、それが仲間のうちの二人で、妊娠の報告を受け、タミ子が結婚式のスピーチを頼まれるという話、等々が追加で記述されている。

これらの内容は作品全体にかかわる重要なエピソードとして貢献している。従って、加筆は成功といえる。

第三点目の異同は、A五十二頁上段十一行目に、B百四十頁三行目から百四十四頁十一行目までがそっくり加筆されたことである。この加筆の前は作中でも重要な場面が展開していた。

それは、信夫が、タミ子が密かにすませた糞を見つけてそれに触ろうとする。タミ子がそれを必死に制止しようとするが、信夫が急に背中にそれをくっつけようとし身もだえする。見ていたタミ子が信夫ともみ合い、「貴方、私の女が欲しいんでしょう!……いいわよ、上げるわよ。私も貴方の男が欲しいわ!」と遂に交合する。その後、二人は裸で清流に身を沈めたり、岩の上で身体を干したり、原始の気分を味わう。

こんな展開のあとの加筆である。それまで原始的な性を満喫した二人はやや落ち着いて、タミ子が「あら、信夫さん、貴方の男のしるし、またふくれ出したわ。あんなに烈しく抱き合ってもまだ欲求不満なの?」と問い、信夫が「ちがうよ。今度はオシッコがしたい刺激でふくれたんだよ」と答える。

この後、そのオシッコを希望したタミ子の肩から背中、腰の辺りに浴びせる。かと思うと、急

に逆向きになって口へ入れる。それを見た信夫は、

「僕達は、この一時間ばかり、まったく偶然に、原始の世界に生きていたんだと思う。自分達をしばる道徳だの法律だのという社会契約が一つもない……。そして、ごく特殊の人間だけが、一生の間のごく短い時間、そういう存在に復元するチャンスに恵まれるんだと思うな……」（B百四十二頁十六行目）

と述べる。それを聞いたタミ子は岩の上に横になって、信夫に自分のおっぱいを吸うように要求して、左右交互に実行させる。そして、次は彼女が彼のそれを吸う。こうして二人は帰路につく。

以上のような内容が加筆されたのだが、それまでの行為に加わったここの部分はそれ以前の行為を充実させるものとして十分な効果を上げていると考えられる。

最後の大きな異同は、A五十八頁上段から中段の全てつまり、作品の最終部分が、Bでは全てカットされていることである。少し長いがその部分を引用する。

田沢信夫・タミ子というのはもちろん仮名であろう。私は夫妻の合作とも言うべき手記をそのまま借用することにした。私が人間の下半身の生理であるセックスと糞尿を主題にした第三作の構想に入り、頭の中にモヤモヤした熱気がこもり出していた折から、田沢夫妻の手

記は、その熱気を過不足なく具象化したものに思われたからである。田沢夫妻も、私が、彼等の手記を主題にしたこの作品を発表することで、自分達だけの奇形な体験だと思っていたことが、実は万人に共通した、古い、死滅することのない衝動であり、ただそれを体験するチャンスが一般の人々にはきわめて稀であるにすぎない事実に気づかされるにちがいない。彼等の手記が読者に（いやだな！）とか（そういうものかも知れないな！）という反応を呼び起こしたとすれば――、つまりなにらかの意味で読者が私の作品を面白く読んでくれたとすれば、それらの読者は田沢夫妻と同じ下半身の連帯感を潜在させていることを証明しているのだ。

私のノートには、田沢夫妻が引用している「旧約」の「伝道之書」の一節と同じ意味のことを述べた、古い時代の賢者であるソロモンの言葉が記録されている。

――地上ニハ新シキモノナシ――

――アリトアル新奇ナルモノハ忘却サレタモノニホカナラヌ――

ま、大げさだが、私はそういう考え方で、田沢夫妻の手記の内容の真実性を受け入れているのである。ところで、私は、夫妻協力の手記を読んで、題をつけるとすれば「ああ、高原！」というのが爽やかでいいのではないかしらんと思い、それをそのまま私の署名入りの作品にも採用した次第である。

（一九六八・九）

この部分は作品全体からいえば「あとがき」となり、作品の前半にある作者の「前書」と対応して全体を整える役割を果たす。逆に、これを省くと作品は田沢信夫の手記で終了してそれなりに作品はリアリティを持つ。

この部分を読んで、若干疑問に思う部分がある。「なにらかの意味で読者が私の作品を面白く読んでくれたとすれば」という部分である。その前にも「彼等の手記が」とある以上、ここでわざわざ「私の作品」と言い換える必要がない筈である。

作品の冒頭は作者の、この手記を入手する前の様子を述べており、この部分を配置することによって体裁は整ってよいはずだが、どうして作者はカットしたのか。

冒頭部でこの作品にリアリティを整えるべくわざわざ作者は実際発表した作品名を二作あげており、田沢夫妻の手記が実際存在するかのような仕組みにする。しかし、普通の小説の読者は、これが作者の技巧であることは見抜いている。

そんなことを作者が気づけば、この部分は言わでもがなということになるのではないか。これがカットの理由であろう。

なお、「題をつけるとすれば」以下の部分は、Bでは「もしも貴方が、私の――あるいは私達のこの手記を題材にされるのでしたら、題名は「ああ、高原!」というのが爽やかでいいのではないかしらん」と記されている。つまり、このタイトルは田沢夫妻の手記ではなく作者の命名に変更されている。

以上、本文の異同を中心に本作を見てきたが、作品について多少とも付け加える。

山から下りた二人は、その後も交際を続ける。しかし、ベッドを共にすることはない。二カ月ほど過ぎたある日、タミ子が生理の最中に求婚をする。計画的に出産をしたいからだと言う。

二人は山での出来事は創造主の意思にかなった行いだったと思っていた。タミ子の願いが叶って出産しようとする時、彼女は夫に出産に立ち合うように望む。生まれる子供は二人で作ったものだから、男でも一度はお産の実情を見学して置くべきだという彼女の主張は、医師も驚いたが、夫はそれを見る。その結果、「うめき声――。歯ぎしり――。絶叫――。それらはしめり気のあるタオルを強くしぼると、水滴がしたたるようなもので、女体の自然な生理なのです。意思の強弱には無関係なことだ――。私はひしひしとそれを感じさせられました」（B百五十六頁十三行目傍線部はAになし）という結果になる。産児が母胎から出て産声を上げる中、彼は高原でのように、タミ子の女の割れ目からあふれ出た汚物の上に、目を注いでいた。

もう一点、この出産前のエピソードを紹介する。ある日曜日、信夫がタロという秋田犬をつれて散歩の最中、尿意を催したので公衆便所に入ると、タロが突然な勢いで小便のカスがこびりついている流し場に飛び込み、仰向けに転がり、背中にそのカスをこすりつけようとした。私は瞬間的に高原でタミ子の汚物の上に身を投げ出した衝動を思い出し、必死に止めようとしたが、タロも抵抗して何度も同じことを繰り返す。ようやく鎖をつないでほっとしたが、信夫は何度も犬を飼ってきたが、こんなことは初めてで、なぜタロだけがとか、あの高原ではなぜだったのかといろいろ考えさせられる。

それからしばらくしてある日、妻がアルベルト・モラヴィアの「関心」という新刊本の訳本を

「私」に手渡した。読み進めると、タミ子のマークをつけたある場所があり、そこには主人公の飼い犬がある動物の死骸の上に仰向けになって空中に足をばたつかせている場面があった。「私」はそこを読むと、背筋が凍る気がした。タロの場合もそうで、どうやらこれは犬族の先天的な習性なのではと考えた。そして、もしその場面に雌犬がいたとすれば、烈しい交合が行われたに相違ないとも考えた。

こうして、手記が終了する。この話は、人のセックスと糞尿との関係、それは突き詰めれば原始の世界、つまり自分達を縛る道徳だの法律だのという社会契約が一つもない世界を述べたものである。それに付け加えて人間の、さらに出産の場面、犬の汚物との関係等々、実に多彩に取り上げて、これまでの三作の中では単行本本文が最も完成度が高い作品に仕上がっていると考えられる。

最後に、集中最も長い作品である「血液型などこわくない！」について述べる。最初に本文異同について。雑誌発表と単行本の間が短期間だったためか、その数は少ないが、若干注目したいものについて述べる。

単行本百七十頁の次の傍線箇所は新たに付け加えられたものである。

「六カ月目ぐらいに生れるんじゃないのかね」とはね返したので、爆笑が起った。（今は故人になった気軽でハムサムなこの友人の存在が、後年、中畑市郎の家庭生活を狂わせることに

なったのである）。（百七十頁七行目）

この語り手による予告は読者に対するサービスである。今後の展開に対して読者に留意するように促している。

この作品においては他にも「これに似た事実が自分たちの将来に起ることを、二人は夢にも予想せず、思いつくままに話し合っていたのである。」（二百三十一頁十三行目）の例がある。これは、市郎と民子の間が別居ということになって、その具体策を話し合う中で、市郎とゆり子の間に子どもができた場合の予測を読者に予告している場合である。作者はこの先例があるので、先のような書き直しを行い、読者サービスを試みたのであろう。この予告を「余計なお世話」と見る読者も存在するだろうが。

次の異同をみる。野田と民子のことが明らかになって市郎が野田とのことを民子に色々と質問する。初出の五十七頁中段に次のようにある。

「分ったよ。お前はその事で私に劣等感を覚えたことはない。自分が欠点のある人間であることを、そう恥ずかしくないこととして認めている。いわゆる浮気は、お前の場合、行為そのものよりも、夫が気づいていないというスリルの方に比重がかかっていた。——というんだね」

「投げやりな気持でなく、率直にそう感じただけです。悪妻ですわね、私——」

ここの傍線部の民子のセリフは次のように大幅に書き直された。

「いいえ、野田との肉体交渉にも歓びを感じていたことはたしかです。ベテランの彼は女の扱いが上手でしたから、でも、そんな技巧はその時ぎりのものですし、やはりあなたが二人の関係を知らないというスリルが私に強く作用していたことも確かですわ。悪妻ですわね。私って——」（二百二十八頁三行目）

この方が当時の彼女の気持ちを正直に述べたものと認めることができる。書き直した方が遥かに良くなっている。

この野田について初出のAになく、初刊のBにおいて次の箇所が追加された。

A「ええ、野田です」

「私はあいつが好きだったんだ。男っぷりがいいせいもあって、女にはだらしがなかったんだが」（五十五頁上段七行目）↓

B「ええ、あの野田一郎です」

「私達の新婚旅行の見送りに来て、『奥さん、六カ月ぐらいで丈夫な赤ちゃんを生みなさい』と冗談を言ってみんなを笑わせたあの野田一雄か……」（二百二十二頁三行目）

また、次のような異同も見られる。

A「彼等のよく引用される言葉を参考にはするけど、その言葉に頭から熱中してしまわないことにしているの。『あなたは女神のように美しい』というプロポーズの言葉は、その時はウソではないけど、時が経てば色があせて、結論的にはウソだったということになってしまうでしょう」

「私はジイドの言葉も、お前より人生経験が豊富な立場で書いてあげたつもりだったが、ジイドがオカマ趣味の変質者だと聞かされて一ぺんにいやになったよ。」（六十頁中段十四行目）↓

B「「彼等のよく引用される言葉を参考にはするけど、その言葉に頭から熱中してしまわないことにしているの。」

「ジイドがオカマ趣味の変質者だと聞かされて私は彼の作品が一ぺんにいやになったよ。」

（二百三十五頁二行目）

ここでは、Aの傍線部がBでは削除されている。この方が明快になっている。

あと二カ所やや大幅な異同をみる。まず、デパートで偶然会って母を家に戻すことにした親子が食事をしながら、帰宅した場合の夫に対する接し方について色々と意見を交わす場面がある。

「戸籍上からは、市郎はおかあさんの正式な夫ではありませんか。母と娘が一人の男を夫にもつ。世間の型破りのそういう関係だって、私たちの場合、堕落でも背徳でもないことには自信がもてるわ。もしおかあさんが帰ったら——と、その問題、私もいろいろに考えたわ。そして、あまり悩まないで、小学校で教わる算術のように、今月はおとうさんは私のもの、来月はおかあさんのもの、それを縮めて一週間おきということにしてもいいなど想像していたの。そして、じっさいにそういう生活に入ったとしても、三人ともうす汚れた反省なしにさっぱりした気分で暮らせるという気がしていたの、また、世間にあふれかえっている常識派の人達の考え方に従えば、かつて夫を裏切った妻と、その裏切りの生きたしるしである異端の娘とが、協力して、裏切られた夫、裏切られた父に侍女として奉仕して、罪の償いをする。そういう解釈には、涙を流して感動する善男・善女がたくさんいるかも知れないわ。ブルル……。私は口にするだけでもそんな卑屈な考え方には身慄いが出るんだけど……」

（二百五十五頁二行目　傍線部が加筆）

この加筆によってその前の叙述はいっそう深みを増すことになる。的確な加筆といえる。これに続く箇所も同様に加筆がある。

「独占欲。つまり嫉妬心ね。ずっとそう考えて来たけど、じっさいに一夫二妻の生活をしてみないことにはほんとのことは分らないわ。でも、おかあさんに妬くなんて、あり得ないな。

その証拠に、私は三人同じ寝室で休んで、うちの人とおかあさんが抱き合って歓びのうめき声をあげるのを傍で聞いていて、自分も愉しい気持になれるような気がしているの。おかあさんだってきっとそうよ。一度試してみましょうか」（二百五十五頁十七行目　傍線部が加筆）

今後の一夫二妻の生活に期待を持たせる記述となっている。

もう一ヵ所を見る。これはAの巻末に次のような文章があった。

〈作者から〉この物語はかつて作者が身近に見聞した出来事を記したものであるが、三人の主要人物について「汚らわしい！　消えてなくなれ！」と怒鳴りつけたい衝動を読者の多数に与えたとすれば、それは私の筆力が彼らの生活を如実に表現出来なかった未熟さのせいであることを、ここに改めておことわりしておく。

これが単行本では全て省略されてしまった。雑誌の時はおそらくこの話が真実に基づくものであることを強調したかったが、単行本時にはそれに替わって次の四行を最終部に付け加えた。

三人の男女、二人の幼児、お手伝いのばあや——六人の人員で構成された中畑家では、危な気のない、無事な一日一日を送り迎えしている。ときどき、生活するって重い気分のものだなと感じさせられることもあるが、それは一種の充実感であると考えられないこともない。

彼らはたしかにみんな生きているのだ……。（二百六十二頁六行目）

雑誌のような終わり方でも別に作品が不十分だとは誰も考えないだろう。あるいは、初出誌『オール読物』の常識的読者を取りあえずは意識した「挨拶」だったのかも知れない。しかし、なかにはこれを付け加えたほうが余分だと考える読者もいるかも知れない。一夫二妻という世間の常識から逸脱した生活がむしろ異常だからである。

しかし、語り手はそれを「無事な一日一日」と言い、「ときどき重い気分」と感じるものの、それが「一種の充実感」だと言う。先に、この話を真実に基づくものと記した作者は、その重みをあえてこのように表現し直したのであろう。

以上、本文異同の主なものを紹介した。他にもよりよいものにしようとする異同が何カ所かは存在するが、省略する。

さて、これは、中畑市郎と民子の夫婦、一人娘のゆり子が主な登場人物だが、二人の新婚旅行までを扱ったのが、ほぼ半分。残り半分がその十六年後のことに二分され、前者は家族の血液検査をしてその結果、ゆり子が実の娘でなく、パリで客死した市郎の親友野田一雄との子だと判明して民子が二人を残して家を出るまで。後者がその四年後、市郎とゆり子が「結婚」し、娘房子を授かり、偶然出会った民子が家に戻って親子孫の皆で暮らし始める。以上、凡そ三部構成から成る。

タイトルから言えば、血液型などにとらわれない生き方をする人物が登場すると予測されるが、最後の市郎とゆり子の間に房子が生まれ、その後、民子が一緒に住んでいわば「一夫二妻」の生活が開始するということを意味するのであろう。

まず、最初はその生活の兆しが紹介される。市郎は百七十cm、六十kgの立派な体格で、世間並の顔付きもしていて、女達にももてる。ただ、生れつき本人は何事にもものぐさで、怠け者であり、ために民子との見合いまで、女性との付き合いは一度もない。ただ、彼は与えられた運命には堪えていく消極的な粘り強さは持っている。

一方、民子の方は、何事にも積極的で、自分から進んで物事を解決していくタイプに設定されている。従って、伊豆への新婚旅行も全て彼女のペースで運ばれる。初夜も彼女のリードで終える。新婚旅行の二日目に母親から電話があり、男女のセックスの仕方を旅行出発間際までこだわって民子に教示していた祖母の死を告げる。それを市郎に伝え、交わす二人の会話に夫婦の様子が偲ばれる。

「でも、おばあさんにお別れを言いましょうね。あなたも言うのよ」

民子は眩しい日光の中に、例の丸と棒の指形を、頭の高さのあたりにクッキリと浮び上らせて静止させ、

「おばあちゃん、さようなら」と言った。

「さようなら」と、市郎も真似《まね》た。

（略）

「ねえ、市郎」

はじめて名前を呼ばれて、市郎は民子がグンと自分のふところに迫るのを楽しく息苦しく自覚した。そして、無意識に、

「なんだね、民子」とお返しした。

「私をずっと可愛がってくれたおばあさんが亡くなった知らせを聞いて、涙を一滴もこぼさない私は、異常な神経の持ち主なのかしら？」

「そんなことはない。ぼくだって、両親がやるだけのことをやって自然死したのだったら、涙が流れそうもない気がしている。人が死ぬと、近親・縁者・知人などが集まって泣く。あれには多分に習慣性の群集心理が作用していると思うな。だから、人間が力を合せて努めれば、子供が生まれたときに泣き、老人が死んだとき喜ぶという習慣性の心理も出来上るんじゃないかなと思うな。もっともらしいお面をかぶって暮さなければならない人生に生れてお気の毒しごく。半分以上は心にもないウソを言って暮す人生におさらばしておめでとう。……そういう考え方、感じ方にも一と筋の道理は通っていそうだし、強力な指導者がおれば、生れて悲しみ死んで喜ぶ習性が、何百年か先には、人間社会に出来そうな気がするな」

（B百九十三頁三行目〜百九十四頁九行目）

最初の、「例の丸と棒の指形」は祖母が民子に示した「男女の性器」を意味する。それはとも

かく、後半の妻からの問いに対する答えはいかにも市郎らしい答え方で、このような思考方法はその後も見られる。

例えば、この後、市郎は、自分は読んだ本の気に入った箇所はノートに書き写すことにしていると言い、カバンからノートを出して、民子に見せる。それをめくっていた彼女は、モンテスキューの「ペルシャ人の手紙」の中の言葉として先の市郎の説明――死に涙するのは群集心理が作用する――と類似した箇所を発見して問いただす。それに対して、市郎は、いつノートに写したのか忘れていたと弁明する。

また、民子が昨夜の初めての行為について、あの時の市郎の烈しい欲望は自分自身のものなのか、それともソロモンの言う「地上には新しきものなし」のひとつなのか、と。彼女自身は後者だと言うが、市郎は後者に個人のオリジナリティーが生かされていくんじゃないか、その二つが背中合わせの所で、個人の創意工夫が作用していくと。しかし、勿体ぶった解説のつく料理はうまくない、理屈なしの日常の御惣菜が一番飽きない、僕らもそういう暮らし方でいこう、と最後に提案する。民子は時々風変わりな料理が食べたくなると言うが、市郎が、その好みが対男性の面でも自分を戒めるものにはとらなかった。

さて、結婚二年目に生れたゆり子が中学三年生になった秋、家族三人の血液型は、市郎がO型、民子がA型、ゆり子がAB型であることが判明した。しかし、その三年後、あることから娘の血液型が両親から生れないものだとゆり子が言い出し、父に相談する。二人は非常に仲がよかったこともあったから、相談の結果、母にそれを話すことに決める。

問い詰められた母は告白する。相手は父の親友の野田一雄だと。父がその時、我々は仲が気まずいとか何もなかったはずだが、どうしてかと問うと、母は言う。

「人間は一度だけしか生きられないんだから、夫以外にも好きな男があったら、責任を負わない交わりを一度や二度ぐらいはしたっていいんじゃないのかしら……。そういう思いが私の胸の中にときどきうずいていたんです……」（B二百二十二頁十一行目）

「夫以外の男性と交わることは、交わりそのものでなく、夫に秘密である、社会の契約を破っている、そのスリリングに引かれているんだという」（B二百二十四頁十五行目）

結局、民子から誘って、ホテルに一度や二度でなく五六回も行ったという。この間の避妊についての説明は欠けている。母はゆり子が胎内に宿っていることは今日まで知らなかったとも言う。つまり、この母は夫以外の男と接しても妊娠のことは毛頭頭になかったということになり、その意味では無責任と言われても仕方ない。

しかし、母に話す前に、それが母に知られた後どう対処するかと娘に問われた父は「十何年前も昔の出来事をいま知ったから腹を立てようがないじゃないか」と答え、「自分の昔の過ちに堪えて生きていってもらいたい」と言う。そんな母に対して寛大なのである。

したがって、この解答からは、父は母に対して厳しく対処しないように予想される。事実、そのように展開する。

結局、民子の姦通事件は、預金の分配を得た彼女が家を出るという穏やかな話し合いで一応処理がつく。語り手は、その理由を、受け身に強い市郎の性格が一番役立ち、何事もクヨクヨ後悔しないでその一線を乗り越えてしまう民子の積極性のある性格、ゆり子の大きな空虚感、これらが絡み合ったことが理由だと説明する。

しかし、ここでも疑問が残る。母が籍について当分そのままにしておいてと夫に言い、彼もそれに従う。あなたが再婚する気になった時はいつでも抜くから、と妻はいう。本来は、夫にとっては離婚の立派な理由になり、妻もその責任を感じているのなら、離籍するべきであろう。ただ、作品の進行上は、抜かないでいる方が都合がよい。なぜなら、将来の「一夫二妻」が成立するからである。

それから四年が経った。ゆり子は大学を卒業して、家庭の主婦役を務めている。学生時代から男との交際は絶えることがなく、しかし、親しい人間はいなかった彼女に縁談話が沢山持ち込まれる。

ある時、彼女は市郎に結婚を申し込む。その理由は市郎が自分を一人の女として愛していることを知っていたことだと言う。彼は反対する。自分達は社会の一員だから、社会契約は守らなければいけないと。しかし、何度かのやり取りを繰り返して、ゆり子の考え方が民子と似ていると彼は感じる。子供が生まれたら、自分の弟や妹として戸籍に入れるとまで言うゆり子に対して、市郎は遂に今晩からお前と一緒に寝るよ、と認める。

二人の生活は、自信に満ち溢れて落ち着いた日々であった。結婚していない二人の関係を世間に説明するのは苦労するばかりだが、娘、息子と二人の子どもをゆり子は出産し、長女が三歳の折、偶然デパートで民子と会う。久しぶりに親子は旧交を温める。夫を裏切った気持ちも二十年の間になくなったと感じる民子は、次々と男をあさりたいと考え始めるようになっていたが、家に帰らないかと言うゆり子の申し出を承諾する。その話を聞いた市郎にも無論異存はない。

こうして、「一夫二妻」の生活が開始する。三人はその生活について意見を言い合う。

「おかあさんと私が一人の夫をもつという生活は堕落と背徳とかいうことになるんでしょうか」

「世間の大ざっぱな物差しではかればそうなるかも知れない。しかし、ゆり子、お前、自分が堕落しているという内心の劣等感があるのかね？」

「ないわ」

「じゃあお前の暮らし方は堕落してはいないのだ。自信をもつんだな」

「おとうさんは――？」

「背徳の意識はないね。立派な生活とは言えないかも知れないが、神様もお認めなさるにちがいないある必然性が、私たちの関係をかくあらしめたのだと信じる。私たちは怠けたりたかぶったりはしなかった。自分を主張もしたが、それは生きることの主張だった。私は私の在り方を肯定する。……ところで、最後に民子はどうだね？」

民子は寂しげな微笑を浮かべた。

「あなたがたが両方から手をひっぱり上げて下さるので、私の身体は泥沼からとっくに吊り上げられていると思います」
「謙遜するな。ありのままでもお前の身体がいちばんシミが少くきれいだと思うよ。……この話はこれでやめにする」（B二百六十頁十三行目）

このように見てくると、この作品は「一夫二妻」という形式に従った生活を述べるものだと言える。前の三作が常識を否定し、原始を肯定した「糞尿と性」を具体的に取り上げた作品、つまり、そのような人間の生理の究極を追求したものだとすれば、これは、人間の契約社会に抵抗したギリギリの姿を追求した作品だといえる。どちらも、一般的な市民社会では表立って問題にされないことをあえて取り上げている。これらを完成した後、石坂はまた近親相姦の問題を取りあげる。

ところで、「一夫二妻」ならぬ「一婦二夫」をテーマにした作品を石坂は早くも執筆している。「最後の女」（昭和三十一年一月）がそれである。郷里の岩木山の中腹にある温泉へ出かけた「私」が宿の女将から聞いた常連客の「一婦二夫」の話を紹介するという内容である。

近村に身長が五尺四寸余、体重が十九貫の堂々とした体格で、しかも整ったたいい顔立ちをしたみや子という娘が十八歳で隣村の田口重兵衛と結婚した。この男は五尺そこそこの小男だったが、夫婦仲はよく二人の男子に恵まれた。しかし、姑に妬まれて結婚四年で離婚、みや子は西方の隣村の風巻六蔵と再婚（この男も小柄である）二人の女子を生んだ。

しかし、田口の姑が亡くなると、みや子の生んだ子達がやって来て、四人の子供は仲良く遊んだ。二十八歳になった彼女は思い切りがよく、てきぱきとした性格が好かれたので村の女達の指導者となった。彼女自身も田口の家に出入りして重兵衛と親しくした。その様子から二人の関係を怪しむ噂が立ち、六蔵もついに彼女を問い詰める。彼女は次のように言って彼を抱えて土蔵に閉じ込める。

気の毒な重兵衛どんを慰めてやるのが、どうしてわるいだか。おらは、野良のこと、家のこと、子供を育てること、何一つお前さんには不自由させてねえ筈だ。それ以上、何を欲ばることがあるだか。……おらと重兵衛さんは、もともと不仲で別れたわけでねえし、子供も二人あるし、あの家を出る時、おらは重兵衛どんに、将来困ることがある時は、いつでも助けにくると約束してきただからな。（中略）

それをおらが、時たま訪ねて慰めてやるのが、どうしていけねえだかね。お前さまこそ、欲張りな、分からねえお人だ。暗い所で、頭冷やして、よく考えてみるがいいだや……

六蔵は反省し、みや子は土蔵から出してやる。語り手は「おおよそ、みや子の分別、判断というのは、そうした類いのものであった。これが常人ならば通用する筈もないのだが、みや子の底知れないあたたかい体温は、世間のいう不合理、不調和なものをも、渾然とした、濁りのないものに溶かしこんでしまうかのようだった」と解説する。

こうして、六蔵も重兵衛の家に出入りして、お互いが協力して家が栄えた。村の人達も初めは彼女らの風変わりな生活に白い眼を向けていたが、次第に仕方がないと思うようになり、しまいにはおおっぴらにその生活を是認するようになった。子供たちも皆結婚し、孫も生まれた。ところが、みや子はある日、脳溢血の病で急死した。五十九歳であった。

「私」は、この女性の存在を母系家族の慣習があった頃、彼女のような巨大な女性が沢山生きていて一族を率いていたが、その後あとが絶えてしまったという。また、こんなことを素晴らしいと空想するのは、最近、世間には手の冷たい、色の白い、理屈を上手にいう女が増える一方、気の弱い「私」などは安住の気持ちが得難いから、せめて自らを慰めるからである。

この作品を「血液型などこわくない！」と比較する。これは戦前から戦後にかけての田舎を舞台にしたものだが、後者は、都会を舞台に設定されている。また、前者のみや子は体格や容貌は抜群で男子が劣等感を持つように設定されているのに対して、後者は男女ともごく普通の人間に、しかし、性格だけは他を気にしない自立した人間に設定している。

どちらも、片方に結婚届を提出しているものの、他方には未届である。従って、一緒に生活するとすれば、夫と妻以外に、夫以外の男がそれに加わるか、夫が正妻とそうでない女と一緒に暮すという形式が、世間の常識からみれば尋常でないということになる。

しかし、どちらの作品も結果的にはその世間の非難の目を避けることに成功している。世間が言う「堕落とか背徳」と全く無縁の存在になったのである。

11　最後の長編小説『女そして男』

「女そして男」は『文藝春秋』に昭和四十六年一月から昭和四十七年三月まで十五回連載後、四十七年五月に文藝春秋社より刊行された。

作品は五節以下で展開される工藤甲太郎の半生を叙述することにある。もっとも、半生といっても甲太郎の「ヰタ・セクスアリス」とも言うべき内容である。彼の家族や友人や軍隊生活等々にまつわる性的生活を述べたものである。

彼は北国の城下町に誕生した。そこは岩木山が見え、第八師団司令部があったというところから、作者の出身地でもある青森県弘前市と推定される。

甲太郎はそこで柔道場を開く父・工藤市郎と妻・はま子の一人っ子だが、祖母ゆり子も同居する。彼は二人の実子でない。そのことは彼が志願兵として出陣する直前に母から告げられ、実父野田修二と会うことによって一層明白になる。それ以前に「私」は祖母からもその事実を告げられていたが、それは、城址公園内のお茶屋で初めて明らかになる。

身体が弱い母は父との性生活に堪えられなくて、金を渡して女をあてがっていた。しかし、彼女は産婦人科医の野田とはその医院内で親密になり、以後も月二回ほどの関係を今に至るまで継続している。

四年ほどの従軍生活を経た「私」は帰郷して、病のため亡くなった野田の墓参りのために寺院を尋ねるが、そこで野田の妻・のぶ子と偶然出会ってその後、野田宅で彼女と関係を持つ。父市郎も家を出て近郊のT村で骨接ぎやもみ療治医として活動しているので、「私」はそこも訪ねる。父が懇意にする松野たか子の妹ゆり子は、夫がシベリヤで抑留されているが、「私」は彼女とも親密になり、一週間も宿泊する。

「私」はそれから間もなく東京に戻って友人と仕事を開始する。程なくして、母と野田のぶ子は同居し、夜は一緒の布団で眠るとの手紙が届く。

作品は、「ここまでくると書こうとする意欲がパッタリと途絶えてしまった」と「私」はその心境を語って、筆を絶つ。

作品の本文異同

ところで、作者は単行本「後記」で「出来るだけ推敲した」と述べる。両者の推敲の跡を辿ることは作者の執筆意図をさぐり、作品の内容を検討する際に是非とも必要な作業であり、逸することはできない。そこで、作品内容を検討する前の必須作業として、まずそれから手掛ける。

仮に、雑誌掲載の本文をA、単行本をBとする。

A、Bとも全十五節から成り立ち、節間の異同は見られない。ただ、最終節の終わり方がそれぞれ異なっており、これが作品の評価にかかわる大きなものと推測される。しかし、それを見る前に、構成を押さえておく。

この作品は全十五節のうち、最初の三節までが後の工藤甲太郎が、万引きをした三十五歳前後（Bによる。Aでは四十になるかならずとある）の妊婦をモテルに同伴して、いろいろな内容の話をしたあと、一年後にお互いの手記を持参して再会しようと提案する。

第四節は、ほぼ一年後の七月十五日午後（Bによる。Aでは九月一日の午後二時とある）に手記を携えて女性がホテルを訪問する。しかし、その直前、男が急用のため手記を托して帰ったことが判明する。しかし、部屋を取った女がその手記を読み始める。

こうして第五節以下で先に見た工藤の半生記が展開され、最終第十五節は、Aでは一頁の半分を使用して、「女はモテルで読み出した男の自伝を自宅にもちかえって繰り返し読んだ」以下、男の正体が知りたくて二度ほどモテルを訪れたが分からずしまいだった。「男にわたした女の自伝は――？　そんなものなどどうでもいいのだ。いまになって分かったことだが、自伝というものは、それを書くことに最上の意義があるのだ。男のはじまったばかりの未完の自伝も、それを書くことで男はそこまでの人生をもう一度生き直していることだけは確かに感じられる。」と、作品は終了する。

しかし、こういう終わり方をするAに対して、Bでは十五回目の終末部分はAとは全く異なる。三百十九頁の二行目「くり返して言うが、私は自伝の執筆をここらでやめる。書く意欲がなくなったのだ」以下、最終の三百二十頁まで女の語りではなく、「私」の言辞が展開される。作品の最初の約束―互いの自伝を見せあうというのもどこへ行ったか、全く不問になっている。その意味では作品としてはやや不適合といわざるをえない。先のAの結末もそれに近いのだが、その意味ではこちらの方が一層不備だということになる。

しかし、この結末が本当にそれにふさわしいものかどうかは内容を検討した上で、後に結論を出したい。

ところで、この作品が妊婦もかなり魅力的な女性に描かれているものの、工藤の半生を語るのを目的とするならば、全十五節のうち、前半の四節まではそんなに必要なのか、との疑問も存在する。しかも、ここにはモテルの女将との会話や、妊婦を送るタクシー運転手との会話等、種々折り込まれている。万引きをした女を警備の男が捕えてモテルに連れ込むとの週刊誌じみた設定が一応読者の興味を引くとの目的があったにせよ、後の展開とさほど関係がない内容が延々と展開されるのは是としかねる。

もっとも、「私」はこの部分を「二人でつくり上げた歪《いび》つなオリジナリティーある観念の世界」（B四十頁）と述べているので、それを認知すれば済むことではあるが。

ここで内容の検討に入る前に本文異同について先に見る。
（1）　Bの異同は、Aの補充をする場合がほとんどである。例えば、

「坊や、前線に出たら一生懸命に闘うんだよ。兵隊は命を的に敵と闘う。そういう兵隊達を多い日には二十人も慰安してあげる私達の勤めも決して楽なもんじゃないよ。娘のころは野良仕事をしておったけど地主からの借財が嵩むばかりなので、淫売婦に売られたんだよ。身体を無理して使ってるんだから、無事に内地に帰れても長生きなど出来っこないね。元気で

な。男のしるしが丈夫な坊や……」（B三十三頁九行目　傍線部が加筆部分、以下同様）

ここは戦地で「私」が慰安所の20号という慰安婦にかけられた言葉である。このように、Bになってから一～二行だけ加筆する例がかなり見受けられる。また、

女は、足のうらに多摩川の堤道とはちがう舗道の固さを感じながら、ゆっくり歩いていった。（B六十頁十三行目）

これは、甲太郎とモテルで会った妊婦がそこを出て散策する一場面である。彼女の現在置かれた場所を的確に示すための補筆といえる。

さらに、多量の加筆がみられる。例えば、A第七回三百八十九頁上段最終行から下段の終わりまでの十四行が、B百三十九頁十三行目から百四十一頁九行目終わりまで二倍半ほどに補筆されている。

ここは近くに住み、いつもは気楽に話す相手の女学生とみ子が、いかがわしい男に乱暴されそうになった時に、甲太郎が助けた際の話で、兄嫁が義妹は汚されていると何度も言うので、とみ子が調べてと言い、下半身をさらけ出す。それを見た兄嫁が揶揄うと、傍で聞いていた甲太郎の頭をとみ子がポカッと殴ったという内容である。

これが、Bになると、性をめぐる記述がもっとおおらかになっている。紹介できないものの、

両者を比較すると、比べ物にならないほど後者の方が充実した興味深い内容になっている。

さらに異同・補充がより大きいものもある。A第八回三百七十一頁から三百七十三頁終わりまでが、B百五十八頁から百六十六頁終わりまでに該当する。

ここは、早々と結婚し、赤子を抱えたとみ子が久しぶりに甲太郎と会い、様々な話をする場面である。Aでは、彼女が甲太郎に赤子を抱かせて、世間ではどうして男に甘く女に辛いのかと、彼に問い、それに答えるとさらに、家の夫が贔屓にする歌舞伎の女形が家に来るんだけど、彼を私が抱いたらいけないかと相談する。その後、乳が張って来た彼女は胸を出して彼に片方を吸わせる。そこへ以前に卵を数個食べさせた犬が現れる。しばらくして、彼女が去る。

こんなAに対して、Bは、最初の男女の違いについて甲太郎が回教や釈迦等を出してかなり詳しく説明し、以前にとみ子の家の二階で彼女が「性交のマネ」をしたことなどの話をし、卵を数個姉からもらった事も加える。その後は、女形が家に出入りするが、彼を抱いたらどうかとの相談や、片方の乳を甲太郎に吸わせ、以前話した犬が現れる等々は同様の展開を見せる。こちらの方が、Aよりも丁寧に過程を叙述して、充実した内容になったと考えられる。

次に引く最後の数行の記述はAと同様である。

――私は翌年軍隊に入ったとし、それ以来とみ子には会ってない。しかし、頭の中では、彼女と縁が切れたわけではない。というのは、前線で、敵と烈しく撃ち合っている時、恐怖で緊張しつくした頭の中に、ひろい墓地を見下す下宿の石段の中ほどにとみ子と並んで腰を下し、襟をグイとあけて、白い、艶のいい、重い乳房を手あらくひき出して私に吸わせた、あのうすい乳の味、重い滑らかな乳房の感触が口の中に蘇って、私のすさんだ神経をしずめるのに役立ってくれたことが再々あったからだ。そういうとみ子の顔は、いま少しの所で焦点がぼやけて思い出せなかったが、重い滑かな乳房だけは目に見えた。（B百六十六頁九行目）

これも学生時代のとみ子の思い出と共に、彼女の乳房を吸うという稀有な経験をした「私」の人生における得難い一コマである。

さらに、作品全体では大きな異同がもう一ヵ所ある。それはB第十四回二百七十一頁から二百七十四頁である。これはAでは第十四回三百六十四頁から三百六十五頁に相当する。ここは、近郊の村で生活する父を甲太郎が訪れて、相手の松野たか子と初めて会って、いろいろと話をする場面だが、より丁寧に描写されている。例えば、Aでは「父はあなたにめぐり合ってほんとに仕合せになれたんだと思います」が、Bでは「おとうさん、おめでとう。これ、ぼくの実感だよ」に訂正されている。後者の方が感情を素直に表したものだろう。

（2）次に、若干だが、Aを訂正した場合がある。例えば、先に記したA三百八十八頁「一年後の来年の九月一日」とあるのをB四十五頁では「七月十五日」のように。これは作品の冒頭に「七月半ばの晴れた午後だった」とあるので、それに拠って訂正したと考えられる。

（3）Aの本文をカットした例はほとんどないが、ただ第五回四百四頁の最終に次の三行があった。

だが、「論より証拠」――この諺《ことわざ》を立証することは、政治の場合で言えば、自由主義国でも共産主義国でも不可能であることは、今日われわれが目前に見ている通りである。

しかし、この部分はB九十九頁末ではカットされている。この記述直前に、近親相姦がきわめて稀になったのは医学の進歩によると述べており、そのことでわざわざ繰り返す必要がないほど自明だと判断したからだろう。

もう一ヵ所を紹介する。それは、B二百三十三頁二行目。ここは「はっきりしていますのね。甲太郎さん、女には慣れていらっしゃるんですね?」というのぶ子の問いに対して、「いえ、もの堅い人間じゃないんですが、スポーツ、ギャンブル、読書、勉強など、適当に若さを発散させる暮しの工夫が出来ましたから」と返答する。

しかし、Aではこの答えの前に次のようなやり取りが控えていた。それがカットされている。

「いいえ、戦場で慰安婦を抱いたことが二度あるだけです」

「野田とおかあさんの秘密の子にしては、あっさりした学生時代を過ごしたんですね」

（第十二回三百五十六頁上段二十四行）

おそらく、これはあまりにダイレクト過ぎて、まずいと判断してカットしたと考えられる。

以上のように、この作品の本文異同はそんなに頻繁に行われているわけではない。一番の異同は、やはり最終回のものだろう。その是非を見る前に作品内容について検討したい。

作品内容の検討

「私」こと甲太郎が性を実感するのは中学三年の時である。父が若者たちに間違えられて刀で脅かされた時に、下駄を持って応戦したのを見て、その夜夢精したのが最初である。しかし、その後彼は自らオナニーをしたことはない。それは以前からも、それ以後も「すべての面で自分を感傷的な飢えの状態に置かないよう無意識に行動した」からである。

また、「私」は、最初、妊婦の女性と会った時に独身でいる理由として、家庭という社会の約束事が煩わしいことと親代々の血統を自分の代で根絶やししたいための二点をあげた。後者については、母の行状だと後に説明する。

さらに、自分は「生活を規律する道徳をまったくもたない人間なのだ。殊にセックスに関しては……」（B三百十六頁八行目）と語り、結婚をする気が全くない理由に「自身のアナーキスティックな性格」（B三百十七頁一行目）をあげる。また、付き合う友人はあったが、心の中をうちあけ合う親友というものはなかった（B百二十一頁四行目）。

また、熱中しない、心の冷たいところは母に似ていると自認する。

さて、母からお前はお父さんの子でないと言われた時、「私」はそれまで抱いていた黒いもやもやした物が一度に炸裂した感じがしたが、長い間に心構えが出来ていたので、崩れることはなかった。

野田修二と出会って、母のことや「私」のことなどを聞いて、「私」はいろんな思いに耽る。二人を殺すことも考える。しかし、中途で気分を害して退席し、門外でようやく気分を元に戻す。

ここで、母の自由な、自分を生かし切ろうとする考えに圧倒された「私」は、例え自分が結婚しても相手と調子を合わせて夫婦生活は営めないのではと考えたに相違ない。

従って、結婚は望まないという一つの理由は、公園のお茶屋で母から自分の出生の秘密を知らされ、その後の母と野田の関係も知った時、母の奔放な性生活を知って、それを選択しない自分を貫こうと考えられる。

作品の中で、「私」の主な性の相手は、野田のぶ子と松野ゆり子である。それ以外に性が描かれる人間は、母と野田であり、松野たか子と工藤市郎である。母も父も離婚していないから、世間的にはお互いに不倫をしていることになる。しかし、互いにそれを認め、許容している。それぞれが大いに満足している。

「私」とゆり子の場合も不倫であり、しかも、彼女は妊娠する。しかし、事前の「私」の指示があって適当に処置することができた。戦地から夫が帰還しても、とりあえずは何も問題が生じない可能性が高いであろう。

このように、作中では不倫がごく自然に描かれるという特徴がある。

ところで、作中で近親相姦が何回か話題になっている。一度は、祖母ゆり子が「女郎屋」に息子の市郎を通わせるのは勿体ない、私のところへ寄越せばいいと嫁のはま子に言う場面である。もちろん、それは実現しなかったが。

また、城址公園に野田がやって来て、「私」と何かと話をする場面がある。そこで「私」が野田に向かって次のように言う。

「さっき、本丸の見晴台の絶壁のような石垣の下の草むらで、母があなたと交わって私を生んだという話を聞かされたとき、日陰の草むらにひんやりした生ぐさい匂いがこもっており、傍に石垣が冷たくそそり立っているのが影響したのか、感情がむやみに激して、もしあそこが、近くを人が通る公園でなく、無人の荒野だったら、ぼくはおかあさんを押さえつけて犯していたかもしれませんね。精力のつづくかぎり……。そういう衝動に瞬間的に襲われたことをいま思い出しましたよ」(B百九十四頁十七行目)

それに対して、母が「ばか!」と言ってビールのコップを「私」の顔にぶっつけた。その時の母の目には「自分が女であることを示す異常で強力な光が宿っていた。顕微鏡であの時の母の頭の中をのぞけば、無人の荒野での母子相姦を肯定する心情がうかがえたのではないだろうか……」。

しかし、二人の様子をみた野田が近親相姦について説明する。

「ひろい荒野がある、青い空に陽がカンカンと照っている、大きな蛇がそこらをゆっくり匍《は》いまわっている、いろんな鳥が飛んでいる、どこからか山の沢水の音が聞えてくる、――そういう野っ原で、甲太郎君ぐらいの丈夫な身体の息子と、あなたぐらい、女として水々しさを保っている母親とが、原始にかえったよう、屈辱感も罪悪感もまるでない、ただいくらかユーウツな気分で烈《はげ》しく抱き合っている。いいではないですか。人間でも動物でも生きることはユーウツなのが本来の気分ではないのですかね。医者の目からみるとそうですね。

人間はいろんな面で、ときには社会を構成している約束事から、脱け出してみることが必要なんじゃないですか。実行しないまでも頭の中で考えるだけでもいい。でないと、人間そのものが、埃《ほこり》っぽい十ぱひとからげの通俗的な存在になってしまう……」（B百九十六頁十四行目）

この話は医者のものとしてはかなりロマンチックで非現実的だが、「私」は同感する。

この面会の後、終戦後である。母から言われたこともあって、野田の眠る墓に詣でたあと、未亡人となった野田のぶ子と出会って、その自宅へ行く。自分の夫を奪ったことに対する仕返しとして最初に「私」を誘った彼女は、しかしながら、一人の女として「私」に接していることをまもなく「私」は感じる。自宅への道すがら、「私」の肩に手をかけるのぶ子に「母性と女性の感触をこもごもに感じ」る。自宅に到着すると、二人は今まで何を考えていたかを話す。二人とも「夫が愛人に産ませた青年と冷たく意地悪い気持ちで交わる」ということだった。それは「私は彼女の中に父の一部を、彼女は私の中に夫の一部を感じとっていたから」とも言い得る。行為の後、野田に対してすまないという気持ちが全くないという彼女は逆に野田に励まされているような気がすると述べた後、

「無理な考え方ではありませんね。でも、ぼく達は手段に溺《おぼ》れて目的を見失っていたような気もします」

「そういう常識の限界を越えたところで、ほんとうに目的が達せられていることもあるんじゃないのかしら……」

「ぼく達は目的も手段もない、二匹の動物になりきっていたのかな……」

「人間はときたま動物に還らないと、元気のいい人間になれないんじゃないのかしら……。女にとっては、妊娠・出産なども、夫婦という関係をヌキにした動物的な生理現象の一つでしょう。男同士が戦争でおたがいを殺し合うように……。戦争には、人間は動物でもあるという事実以外に、どんな意義づけも不可能ですからね」（B二百三十八頁十六行目　傍線部はAにない）

こうして見ると、この二人の会話は、当初の接触の目的を越えて、性の本来の目的を話しているようである。この後、彼女は「私達もなんだかんだ話しましたが、結局、自己弁明に熱が入ったっていうわけでしょう。世間にはびこる道徳観からすればね……」と述べ、彼が「弁明でなく

主張だな、ぼくの場合は……」（B二百三十九頁十四行目）と応じる。これにも、先ほどの野田医師の発言同様、現実を越えた発言であることが理解されよう。

その後、「私」は週に一度位の割合でのぶ子と会い、次第にのぶ子も近親相姦を肯定する思想の持ち主であることが判明する。それは、二人が性交を繰り返すことに対してのぶ子が言う。

「わるいわね、おかあさんに。私達だけこんなに楽しんで……。もしかすると、私達に刺激されて、おかあさんも、野田に孕《はら》まされて生んだ、野田にそっくりで、若い元気なあなたを抱きたくなるんじゃないのかしら……」。

「奥さん、私達は親子ですよ」と答えたが、私の背中を冷たい戦慄の線が走った。

「外見はね。環境しだいで人間は常識の埒外《らちがい》の行動が出来るものだと思いますわ。善だの悪だのという世間の仮面をスッポリ脱いでね……」

「分らないな、ぼくには……」

（分らない）というのは、まだ若い私の実感であった。しかし、のぶ子のその時の言葉を年をとってもしばしば思い出したのは、その言葉の中に人間の原始的な真実性が秘められていたからであろう。（B二百五十二頁三行目）

ここには、次第に性を楽しむのぶ子の考え方が記されている。また、その時はまだその内容を理解できないものの、後にしばしば思い出すほどその言葉は「私」に取っても重い物だったからである。母に対して「私」は次のように考えている。

夫と同じ血が流れている私に性的に牽《ひ》かれるのは、復讐《ふくしゅう》の感情をぬきにしても必然性がないわけではない。

その事を知った母が、野田の血をひく私に、のぶ子の場合よりももっと身近で動物的な欲情を抱く――ということもあり得ないことではない。しかし、母と私がそういう関係に陥らなかったのは、私が無意識に警戒して、のぶ子が行為のあとのぼんやりした気持ちで洩らした言葉を母に告げなかったからであろう。（B二百五十二頁十三行目）

ここには、のぶ子同様に母に対しても「私」が性の対象として考えていることが理解できる。さて、「私」のもう一人の相手は松野ゆり子である。近郊のT村で活躍する父の相手松野たか子の妹である。初対面から話し好きな彼女に好印象を与えられた「私」は、彼女が小学生の二人の娘を抱えて戦地から夫の帰りを待っていることもあってか、欲求不満の匂いも感じた。その夜、寝所に彼女が忍び込んでくる。その心情を是とする「私」は彼女を受け入れる。

私達のような環境に置かれた男女が、私達のように振舞うのが罪であるとするならば、それは男女を分けて造った神さまの責任ではないだろうか……。戦争をつづけ、戦争に疲れて負けた頽廃感が従来の義理・人情・道徳を衰弱させて、人間のむき出しな原始性がはたらき

出すのは当然のことだと思う。（B二百九十五頁二行目）

つまり、「私」は戦争帰りだし、ゆり子の夫もまだ戦地から帰っていないので、両者とも同じような環境に置かれた者はこのような行為で非難されるべきではないと主張している。この際「世間にはびこる道徳観」は問題外だというのである。

かつて不倫について野田医師は「私の子供をおかあさんに生ませたことを、私はいい行為だと断じているわけではありませんよ。しかし、どうしようもない必然性が作用してそうさせたんだと思ってるんです。必然性というのは善悪以前の人間が生きる動機です」（B二百一頁十三行目）と語っていた。これも、「世間にはびこる道徳観」の否定といえる。

ゆり子の姉のたか子は、自分の恋人である工藤市郎を夫が戦争でまだ帰国できない女達の相手をさせる。その理由は次のようである。

夫達は、戦争という名前の大がかりな殺し合いをやっていたんですよ、こないだまで……。それに較べたら留守を守る女ざかりの女達が、ヒステリーをしずめて、留守宅をよく守るために、医者の治療を受けるつもりで第三者の男に抱かれたって、高い所にいるカミさま、ホトケさまの目から見たら、ささいなことではありませんか。（B二百九十九頁八行目）

この彼女の思考を「私」は、「裏返しにされた形のものだけど、主義・主張がある。彼女はそれにしたがって、性の飢渇に悩む、頭がきれて活力がある女達を、（中略）元気にしてやっている。俗人に出来ることではない。私の行為は瞬間的だが、彼女のそれには持続的なヒューマニズムの信念がある」（B三百一頁十四行目　傍線はAにはない）と述べて高い評価を与える。

以上のように、この作品は「私」を中心に展開しながら、性を自由に考える、つまり、「世間にはびこる道徳観」を全く無視して行動する人間・「人間のむき出しな原始性」に忠実な人間が多数登場する。

例えば、そういう道徳観の埒外に存在する「私」はもちろん、お互いに不倫をしている工藤市郎とはま子の二人や、妻のぶ子に秘密にして子供を設けただけでなく、はま子と長年性生活を継続していた野田修二、「私」との性を楽しむその妻のぶ子、等々。

さらに、娘時代に男たちに強姦されながら、最愛の男市郎を得た歓びだけでなく、それを村の数人の女性達にも分け与えた松野たか子、その妹ゆり子の当然と考える「私」との交合。

いわば、この作品はこのような「世間にはびこる道徳観」の埒外に生きる人間達、なかんずく女性の存在を主張したものである。

なお、この作品をこのように考えてもなお、若干疑問が生じないわけではない。先にも述べたが、それは、第一から第四節までが妊婦と男のモテルでの会話を描き、その後に女の姿が消えることである。特に、Bの本文である。

第三節に男が待たせたタクシーの運転手と女が長話をする辺りや、第四節で女がモテルの女主人から色々と話を聞く箇所、これらでは夫婦生活や妻の浮気などを話しているが、それらは本当に必要かどうか、疑問である。また、第十四節で、松野たか子の少女時代からの話が長々と紹介されるが、これほどの紙幅が必要か、同様に疑わしい。しかし、これらの疑問については別稿に譲るとして、今は問題の提出だけに留めたい。

巻末の異同

巻末の異同について見てみたい。それはA十五回三百八十七頁上段から下段に至る部分が、B三百十九頁から三百二十頁に異同になっていることである。

Aは第一節から第四節を受ける形で、その女がモテルで読み出した男の自伝を家へ帰って繰り返し読む。その結果、過去のことはいつまでもくよくよする必要がないということを学んだ。また、男の正体が知りたくて二度ほどモテルを尋ねたが、わからずじまい。最近、大掛かりな飛行機事故が報じられたが、男はそれで死んだに違いない気がする。このように述べた後で次の数行によって作品が閉じられる。

男にわたした女の自伝は――？　そんなものなどどうでもいいのだ。いまになって分ったことだが、自伝というものは、それを書くことに最上の意義があるのだ。男のはじまったばかりの未完の自伝も、それを書くことで男はそこまでの人生をもう一度生き直していることだけは確かに感じられる。

この部分は、作品の最終部分として大事かも知れない。しかし、「女の自伝は——? そんなものなどどうでもいい」と開き直られると、作品の最初で互いに自伝を書いて見せあおうと提案した男の言い方が無効化して、このままで作品が終了することも可とされる。

しかし、最初に全十五節のうち、わざわざ四節まで使用して「二人でつくり上げた歪《いび》つなオリジナリティーのある観念の世界」(B四十頁二行目)がこのような書き方では無駄になってしまう。

次に、Bの異同部分である。これは、前半と後半に分かれる。前半は「くり返して言うが、私は自伝の執筆をここらでやめる」と書き出して、それは書く意欲がなくなったことと生の解消が身近に感じられるようになったことゆえである。「私」の生が拭い消されるのは病気でなく、事故だろう。このように語った後で、後半は作品の最初に登場する妊婦へ語りかける。それは女性への好意を述べ、もしこの自伝が発表される機会があれば、タイトルは「女そして男」にして欲しい、その理由は「すべての男は——人間は女から生れる、(略)男は女の掌の上で踊りつづけているようなものだ」から。あなたの自伝を私も手に入れるだろうが、それを読み終わるまで私は生きていないと思うと述べて、次の数行で終了する。

こうして書いている間にも、私の身体から少しずつ空気がぬけていってるような気がする。還るべきところに還っていってるようで、決してわるい気持ちではない。そして、死は最終のゴールインではなく、そこに着くと、つぎのゴールが私共を待ち受けているのではないだろうか。次、そのまた次と、ゴールラインにもほんとの終りはないもののような気がする。
女性よ、それではさようなら。（B三百二十頁七行目）

これをAと比較すると、死に対する考え方も提示されており、評価が高いと考えられる。すなわち、前半は作品のその直前に「さて、私は今日までの自伝を記すつもりでこの文章を書き出したのであるが、ここまでくると書こうとする意欲がバッタリ途絶えてしまった」（三百十七頁十五行目）を受けて、スムーズに接続している。そして、後半は互いに自伝を交換しようとの提案を受けて、それなりの解答を示す。引用した数行はそれなりに男の生の結末を示している。

こうして見ると、AとBの異同は、Bの方が工夫されたものと判断できる。

なお、最後に表現された死への考え方は石坂の短編「死の意味するもの」（昭和四十一年一月『小説新潮』）において既に述べられている。

死の意味するものは、先へ先へすすんでポキリと折れることではなく、後へ後へどこまでも引き戻されていって、しまいには無機物に分解される、という過程への実感なのである。

この作品の主人公は六十五歳の作家である。彼が近頃は執筆の意欲が全く湧かない、その理由づけの一つがこの考え方に繋がる。

おわりに

「女そして男」にはいくつかの性の姿が出現する。不倫、近親相姦、暴行等々。最初期の近親相姦を扱った「水で書かれた物語」では、二組の近親相姦が描かれていた。しかし、そこに登場する母も息子も性の問題を当初から深く認識しないような設定、つまり、「開放的な性格で同時に相反する事実を作り出せる母」と「命に執着せず生きる喜びに酔わない劣等感の持ち主の息子」というようにかなり限定的に設定されている。

しかし、この作品では主人公が独身主義者で、親代々の血統を絶やしたいと考え、親友もおらず、心の冷たい面を持つというように、同様に限定的に設定されている。この点では一応「水で書かれた物語」の松谷静雄と設定が類似すると言えよう。とはいえ、この作品における二十代の主人公工藤甲太郎は彼よりも性に関してはさらに積極的に描写されているのではないか。

例えば、甲太郎は母と野田医師が交わった話を聞いた場所で、もしかしたら自分もそこで母を犯すかも知れないと想像したり、野田のぶ子と道すがら彼女の中に父の一部を感じとって、「交わる」と思ったりする。また、母が野田と同じ血が流れる「私」とそのような関係に陥らなかったのは、「私」がのぶ子との会話を彼女に話さなかったからだと理解する。

さらに、松野ゆり子を受け入れたのは、互いに戦争の犠牲者であり、同じ環境に置かれた者達ゆえ、当然だと考える。

このように、甲太郎は性に関しては消極的というよりも、積極的というべきである。さらに、登場する女性たちはより積極的である。例えば、野田のぶ子は「私」とのことを「常識の限界を越えたところで、ほんとうに目的が達せられていることもあるんじゃないのかしら」と肯定し、「私」と母との母子相姦を認めるような発言をし、「私」もそこに「人間の原始的な真実性」を感じざるをえない。のぶ子と母とは後に同居し、女同士、相手の肩や胸やを撫で合い、寂しさを慰め合う同性愛の仲になる。さらに、松野たか子も戦争の犠牲者として道徳を越えるのは当然と理解し、村の女性達を市郎の助力で元気にしてやっている。

また、野田医師も母との不倫を二十年も継続している。それは用意周到な手順も勿論あった。しかも、彼は「人間はいろんな形で、時には社会を構成している約束事から、脱け出してみることが必要だ」と述べ、一方で母子相姦を肯定する。

このように、この作品では、祖母と父、「私」と母のように実現しなかったが、可能性がある近親相姦。母と野田医師、父とたか子、「私」とゆり子のような不倫等々、道徳的に非難されるべき行為がほぼ肯定されて描かれる。それに「私」とのぶ子との関係を加えてもよい。いずれも「世間にはびこる道徳観」は否定されて「人間の原始的な真実性」が肯定されるような行為である。石坂洋次郎が最後に描いた長編小説「女そして男」はそのような作品であった。

12 終章

石坂洋次郎の最後の七年間の文学は、彼の作家生活の最後の傑作と言ってもよい。本人が言うように、それは本来自分が備えていたものをそのまま語ったものかもしれないが、『水で書かれた物語』以前からの作品に僅かにそれでも確実に確認できたものが、この七年間においてより深く、広く、そして、それを拡充して六冊の単行本に仕上げられた。

それらの内容については既に本文で詳述したので、敢て繰り返さない。

ここで、唐突ではあるが、石坂と同様に多くの同傾向の作品を発表した野坂昭如のものを取り上げる。それとの比較が石坂の特色を一層現わすことになると考えるからである。野坂には管見では、次のような作品がある。全体的には短期間に集中して発表されている。

1「エロ事師たち」(一九六三・昭和三十八年十一月、十二月『小説中央公論』)
2「浣腸とマリア」(一九六五・昭和四十年七月『小説現代』)
3「銀座のタイコ」(一九六六・昭和四十一年七月『宝石』)
4「マッチ売りの少女」(一九六六・昭和四十一年十二月『オール読物』)
5「プアボーイ」(一九六八・昭和四十三年一月『別冊小説現代』)

6「花のお通路」（一九六八・昭和四十三年十月『小説現代』）
7「骨蛾身峠死人葛」（一九六九・昭和四十四年七月同右誌）
8「垂乳根心中」（一九七〇・昭和四十五年一月『オール読物』）
9「浮世一代女」（一九七〇・昭和四十五年二月『小説新潮』）
10「性在万象」（一九七〇・昭和四十五年十月『オール読物』）

簡単にそれぞれについて解説をする。

1は、エロ写真に出演した精薄の女の父親が皆に言う言葉に注目したい。娘が娘だけに父親は自分の性欲よりも娘の性欲とそれに伴う喜悦を尊重していると主張する。しかし、これも父子相姦の類であることに間違いない。それを引用する。


父親が、そのかわきを満たしてやるようになった。ただ一つ、娘の生きる喜びを与えてやるこのことになんのためらいもなかったという。

「そやけど、これだけはわかってほしい。私は女やおもたことはおまへん。いつも娘だいてる気です。娘をかわいがってやってるんです。私かて男や、その気になった時は、ちゃんとした女買うてます。これだけ信じてください」

そして、父親は、まるでむずかる赤ん坊にミルクを与えるような口調で、女に言った。

「家かえろ、な、家まで辛抱しいや。わかるやろ」

しがみつく女の指を、やさしく一本ずつはがすと、そのまま掌にくるんで、男は立ち去った。

「おそろしい親もおるもんやなあ」

伴的は、その場のよどんだ空気を払うように、窓あけ放した。

「なにがおそろしいねん」

きまったるやないか、親子でシロクロ観せるちゅう話がどこにあるねんなと、珍らしく伴的、声をあらげたのに、スブやん、他にどないせいいうねん、ええ、親と子がしたらあかんて、誰がきめたんや。いっちゃん初めの人間はどないや、親子でやったんちゃうかと、これまた屁理くつこねて、負けない。中断された試写を、また初めから観直したが、男の表情が写ると、それぞれ眼をそむけたい気持にかられ、おちつかなかった。

ここには、性を職業にする人間が集まっているが、その中でも近親相姦に対しては賛否が一定していないことがわかる。かたや、道徳的に親子の性交は認められないと主張し、かたや、性交の初めとして親子の場合が成立するから、それは当然と主張する。

2は、大阪守口に祖母、母子の三人で住む家族の話である。戦後間もない頃、生活にもままならず、祖母は亡くなる。孫の巨大《としひろ》は戦争に出た父のイメージを追い続ける。祖母の内職を孫が継続するが、バイトに出た新聞社長に関係を迫られ、以後、その筋の客を紹介される。その度に、父のイメージを重ねる。母は男を作り、相手を何人も替える。ある時、偶然出会った二人は、家へ戻って関係を結ぶ。母は継母だと、巨大は祖母から聞かされていた。

「お母ちゃんのや、さわってみ、遠慮いらへんわ。これが女なんや。なあ、わかるか、お母ちゃんはあんたになにもしてやれんかったけど、一つだけ役に立ったるわ。な、お母ちゃん抱き、かめへんやろ、お母ちゃんやもん、な、女を教えたるよ。これがほんまの女なんよ」

こうして、母子相姦が成立する。

3は、三十六歳になる小松良輔の半生を描く。相撲取りのように巨漢の彼は資産家の一人息子に生れ、母によって一切の世話を受ける。適当に文章を書き、適当に会話を交わし、世の中を渡る。全ては母の世話に拠る。

中学生の頃、一時異常に肥満して、角力取りのように乳房がふくらみ、それを母親がよろこんで眺めて、「お母さんのオッパイとどっちが大きいだろうね」と乳首に乳首を触れ合わせた。高校に入っても一緒に風呂に入り、「お母さんだって満更捨てたもんじゃないだろ、ほら、ちょいとここをさわってごらんよ。ピンピンしてらあね」と腰に良輔の指をみちびき、にっこりと笑った。

言葉のきれっぱしを追いかけるうちコマッちゃんはいつしか寝入った。待ちかねたように、今は猿の如くちぢこまった母親が、机につっぷした良輔をやさしくだくと、胸をはだけてその右肘を、乳房にあてがい、ボールペンを持って、メモ用紙にむかう。「西も東もわからなかった私を、常にやさしくおみちびき下さいました諸先生、先輩、また友人の皆様に、心からの感謝をささげたいと思い――」すでに母親も年老いていた。／そこまで書くと、どちらが抱くでもなく、寄りそうように六尺有余二十二貫の息子と、五尺足らず九貫八百の母親は一つに溶けあい、ひっそりと静まる。

以上の引用から知られるように、この作品は典型的な母子相姦が描かれている。

4は、次のような内容である。お安は二十四歳だが、マッチを擦ってその消えるまでの間に女陰を見せるという生業をするほど、落ちぶれている。彼女が始めて男を知ったのは中学二年。その時、彼女は相手の男に早く死んだ実父の匂いを感じる。以後、彼女は性交の度に「父ちゃん、父ちゃん」と口に出す。二度目の父に隠れて母が浮気をしたのがばれて母はお安との性交を夫に許す。

青白くひきつった顔の継父は、「よっしゃ、ほな、お前みとれよ、ええねんな。あばれたらてっとうねんど」正月の晴着といっても、粗末なセーターに厚手のズボンをはいて、それまでの成りゆきを便所の戸のまえでうかがっていたお安に近づくと、「お前のおかんがやれいうとんねん、うらむねんやったら、おかんうらめよ」さだめし暴れるとみてか。恐ろしい力で肩をつかみ、たたみへ投げるように横たえ、「ちゃんとみとれよ」と母親にいうなり、お安にのしかかる。

母が夫に娘との性交を許可するというのは、いくら血がつながっていなくとも疑問視されるところである。

5は、作者野坂の自伝的一編。特に結末の部分に注目するべきである。その自伝を下敷きにするが、生家（野坂）と養家（張満谷）との関係は、実際は逆になっている。つまり、昭和二十二年、十五歳の時に彼が新潟の実父の所へ引き取られるが、作品では養家に行くことになる。義母の哲子は母に言われ放題で困っているが、辰郎（野坂）が来てその世話をするうち、気がまぎれる。辰郎もその母性に魅かれる。結末の部分を引く。

哲子はふと怖ろしさに身が震え、思わず辰郎を抱きしめると、辰郎は母親そのものに触れた気持が生れながら、またようやく想いとげた男のように、その頬に伝う涙を、唇でふきとり、乳吸うように肩にかかった手の指をしゃぶり、「タアボウはお母さんの子よ、お母さんなんだもの、なにしたっていいのよ、うんと甘えなさい、いいのよ」うるんだ声で哲子もいい、辰郎はわけわからず、襟のあわせ目から乳房さぐるように、顔こすりつけ、体を寄せていき、二人横たおしになった時、ふっと突きはなされ、みると、そばに祖母が、仁王立ちにいた。

6は、東京の麻布に住む美以子と信彦の七つ違いの兄妹の話。母と三人暮らしだったが、兄が戦争に取られて女二人になると、男にだまされ、全てを失って、淫売を生業にするようになる。戦後、母は死に、兄は還って来たが、身体はボロボロ。戦前からの妹の職業を知りつつ、その手伝いをする。二人は、兄が出征前夜に一緒に入浴した折に見た妹の裸身を思い浮かべて、初めて性交する。そのうち、妹は身体がすっかりダメになり、二人は四国巡礼の旅に出て過ごす。

兄妹の相姦がこの作品の素材である。

7は、九州・唐津松浦の周辺を舞台とする話である。大正初めに葛作造という男が伊予からやって来て石炭を発掘し始めた。作造には二歳違いの節夫、たかおの兄妹がいたが、妹が十七歳の時に兄と性交しているのを見た父は娘に挑みかかって、以後、母親を追い出して関係を続ける。さつきという娘が誕生する。炭鉱では亡くなった者の死体を埋葬した場所に葛を植えると、よく成長する。戦後、三十年、石炭が不況になってからこの葛の生産を生業とするが、そのためには死体が必要になる。赤ん坊のそれが役立つので、集落では出産のために交合が盛んになる。たかおも高齢になり、終におびただしい、枯れた葛の蔓を見るばかりである。

これは、兄妹、父娘の相姦が取り上げられ、それ以外に集落挙げての交合が話題にされている。全て交通の便が悪い集落での出来事として理解される。

8は、歯科医を夫に持つ妻と一人息子・俊一を描く。俊一は長唄の師匠で美人の母が大好きで、幼児から入浴を共にする。夫の死後、歯科医を継いだ彼は、母が癌を病むと彼女と一緒に死ぬ事を考える。この間、結婚した妻・恵美子は男と一緒に家を出、精薄の一人娘・伸江も性行為に惑わされ、何度も家出を繰り返す。終に食を受け付けなくなった母が息を引き取ると、俊一は彼女の胃を包丁で切り裂いて食べる。

「俊一、女知ってるんか」「いや、知らん」「そやろな、あんなあ」母は、真顔になり、「お母ちゃん、教えたろか」待てしばしなく、あたらしい遊び思いついた如く「電気ちいさい方にし」豆電球にかえて、「お母ちゃんかて恥かしいわ」足で乱暴に布団をはねのけ、「さわってみ、そこが女子の大事な穴や」手をそえ、俊一の指をみちびく。医学書でさんざながめ、心得てはいたが、しとどうるおいにみち、温いそこは、自然指が吸いこまれそうで、母はなお痛いほどににぎりしめたまま、楕円えがくように動かした。「あわてたらあかんよ、ここや」すっと俊一の指を深く押しこみ、そのままにしているから、母をうかがいみると、またあの凍てついたような表情で、天井をながめていた。

この作品はかなりグロテスクな内容を持つが、基本にあるのは、1の作品で紹介したのとほぼ同様の、母子相姦である。もっとも母に対する思いはこちらの方が遥かに強いが。

9は、横浜磯子の貧乏漁師の七人妹弟の長女に生れた露川たづの七十三歳の生涯を辿った物語である。明治三十九年に生れたたづは十三歳に初潮を迎えたが、その頃から母に性の教育を受ける。人一倍体格が優れていた彼女は、明治四十四年、イギリス人貿易商マッセイに奉公することになる。これ以後、彼女は男に接することを生涯の仕事としてスタートする。

彼女の生涯に大きな影響を与えるのは母からの性教育である。母の彼女への仕込みがなかったなら、その生涯も大きく変わったと思われる。

その意味では、普通とは思われないその教育もこの場合、意味を持つ。いわば、母子（娘）相姦である。

10は、「ぼく」の語りで、二十数年前の自分を回顧する内容である。もっとも、その回顧とは「ヴィタセクスアリス」というべきもので、その中で次の叙述に注目したい。

男の子供は、かなり幼い頃から、たとえば乳房に吸いついている時に、単に口唇の楽しみ以外に、母の体にまといつき、肌を密着させる悦び、性器につながる快楽を、享受するのではないのか、もともとそれを求める欲望があってのことか、あるいは、母のふところに抱かれるうち、触発されるものなのかわからないが、また母親も、これを認め、自らも、乳房吸わせる時に、授乳行為とは別ものの、性的な快楽を覚え、さらにすすんで、わが子の体抱きすくめる際、愛児いとしむ気持の他に、子供を男性として考えるのではないか。つまり、母と男の子の間には、近親相姦的な結びつきの面があり、それを罪深く思わないのは、何はともあれ自分の腹いためた子供であるという、傲然たる自信だろう。

ここは、近親相姦のうち、もっとも一般的といわれる母子相姦の原因を解明した部分である、文中の「もともとそれを求める欲望があってのことか」という箇所には「本能」の存在を予測させる。しかし、作者がそれを明白に意識していたかは確認できない。

以上のように、野坂の近親相姦は母と息子のケースが一番多い。過半数近い。その場合、母は面倒見が良すぎ、息子は従順というタイプ（3、5、8）と母の性的関心が異常なタイプ（4、9）が登場する。天沢退二郎は「垂乳根心中」に触れて、「野坂における近親相姦の主題の核心が欲望の奔走のさきにあるのではなく、じつは《やさしさ》のかぎりない奥底にある」と述べる（「解説」『死屍河原水子草』文春文庫）が、これらの作品を指すのであろう。

その次は父と娘である（1、4、7）。その次は、兄と妹の場合（6、7）。

母と息子のケースでも、特に5と10の場合に注目したい。5は、実父の家に引き取られることになった息子が義母にされるがままに行為に赴こうとする。それがまさに純粋な母子の行為である。ただ、作品としては、祖母の出現によってそれが十二分に果たされずに終了している。

10は、先に述べたように母子相姦の原因に言及したものである。野坂は「インセストタブー」（昭和63年9月講談社刊『姦の研究』）において、次のように述べる。

ごくふつうのサラリーマンと娘の、特別な事情などなく、そして父親側の、いかなる形にしろ暴力的色合いは抜きに、お互い成熟した男女として、しかし、伝統的に残る深い罪の意識を背負いつつ、交情を重ねる、もちろん逆に、母として妻として欠けるところにない女性と、その腹から産まれた息子の、抜きがたい母子のしがらみに抗いつつ、恋に陥るといったような小説が書けないものかと、時に考えてみるが、どうも通俗心理学の生半可な知識に邪魔され、その罪の意識の在りかたがつかめない。

野坂はこのように述べる。続いて、今、インセストタブーは成立しないのであり、父も母も近親相姦願望をごく自然に所有すると見るべきである。それは本能の一種とでもいう。ただ、願望はあるが、これをあらわにすることは恥ずかしいし、みっともない。だから、我慢するのである。ただ、世間に多くそれが行われているのは、この上なくみっともない。なぜなら、それは親の「愛情」に名を借りた「暴力」と見なされるからだ。

しかし、親子の愛情の真の姿は、やはりセックスにある。サジズム、マゾヒズム、同性愛が市民権を得たのと同様に娘や息子が両親とセックスをすることが当り前の世の中になると、これはこれでおもしろい。二十一世紀になれば、現在のような一夫一妻制は崩壊すると思われる。親側の暴力によらない近親相姦も、今の同性愛くらいには認知されるかもしれない。

10の作品、特に先の引用部分は、このように近親相姦について述べる野坂の知識の一端を披歴したものとして注目したいのである。さらに、この文章では近親相姦願望を「本能の一種」とみる点に注目したい。

ところで、野坂の初作品が昭和三十八年十一月であり、最後は四十五年十月である。これに対して、石坂は「水で書かれた物語」を昭和四十年三月に、最後の「女そして男」を四十七年一月に発表している。偶然にしても驚きである。野坂の作品は石坂の物にほぼ蔽いかぶさられている。

この辺りの問題はその事実だけを指摘して次に進みたい。

石坂は本文で見たように、最初期、つまり昭和二十八、九年頃の作品は近親相姦に悲劇を描いていた。その解決を神仏に委ねていた。ところが、本格的にそれを書き出した当初は近親相姦を、それに絡む人間たちの性格に理由づけしていた。つまり、登場人物がもたらす悲劇と捉えるようになった。野坂の場合も母の子供への愛情過多が原因の場合が多い。

しかし、次の段階ではそれ以外の要因を絡めた作品を書くようになる。例えば、人間の自然現象とも言うべき糞尿を題材にして、それが性と結びつくようになると、糞尿を「原始のもの」と結びつけて考えるようになり、さらに、不倫を扱うようになると、それを男女の単なるだらしない不始末として一蹴するのではなく、人間の本能と結びつける。もはや、野坂の作品では描かれないものである。

つまり、不倫や近親相姦等に関係する男女間においては、その行為を起こさせた要因をその人間性や性格に拠らないで、彼ら彼女らが持つ道徳観をも飛びこえて、それらの行為を全て人間が持つ原始的な真実、つまり人間を束縛する社会の約束事を脱却した境地に拠るものと考えた。そこでは不倫も近親相姦も同列であり、それに関係した人間が許される行為、人間の埒外のものとして認定されるようになる。このようになると、野坂が捉えた近親相姦よりも遥かに幅の広い、深い存在として認識されたことになる。

〈初出一覧〉

1　序　章　未発表

2　「老婆」改訂の意味
　「石坂洋次郎『老婆』改訂の意味」『青森の文学世界』（弘前大学出版会二〇一九年九月）

3　『山のかなたに』がめざしたもの
　「石坂洋次郎『山のかなたに』がめざしたもの」『イミタチオ』第六十号（金沢近代文芸研究会二〇一九年十月）

4　『母の自画像』から『わが愛と命の記録』へ
　「石坂洋次郎『母の自画像』から『わが愛と命の記録』へ」『郷土作家研究』第三十九号（青森県郷土作家研究会二〇一九年十月）

5　『水で書かれた物語』への助走　未発表

6　『水で書かれた物語』の位置
　「『水で書かれた物語』論」『イミタチオ』第六十一号（金沢近代文芸研究会二〇二〇年十一月）

7　『颱風とざくろ』『花と果実』『だれの椅子?』をめぐって　未発表

8　『女であることの実感』にみる高齢者の性　未発表

9　『ある告白』における男女平等の思想

10 「石坂洋次郎『ある告白』における男女平等の思想」『郷土作家研究』第四十号（青森県郷土作家研究会二〇二一年十一月）

11 『血液型などこわくない！』と一夫二妻 未発表

12 最後の長編小説『女そして男』
「石坂洋次郎最後の長編『女そして男』」『イミタチオ』第六十二号（金沢近代文芸研究会二〇二一年十一月）

終章 未発表

あとがき

私の最初の研究書は『石坂洋次郎の文学』である。三十六歳の誕生日の刊行日となっている。あれから四十年、その間、石坂以外のテーマの何冊かの本を出版したが、いままた石坂に関する二冊目の本を出そうとしている。

最初の本の「あとがき」の最後に、私は「非力のせいもあって、指の間からもれる水のごとく、なお多くの問題が残ったことを自覚する」と述べて、十項目以上もの今後の課題を列挙した。それらは石坂の文学を考える際のキーワードとでもいうべきものと考えていたのである。沢山の課題を挙げたのは、それほどの魅力が石坂文学は秘めているからに他ならない。

その中の一点に「独自のセックス観を表現した作品の近代文学史上での位置づけ」というのがあった。これが今回執筆のテーマである。ただ、これの前半「独自のセックス観」はそれなりに説明できたと考えるが、後半の「近代文学史上での位置づけ」に関しては十分言い足りていないと自覚する。彼は、近親相姦を中心とする性の問題は人間の糞尿等も含めて「本能」に絡めて位置づけようとした。その試みは近代文学でもそんなに残っていない。また、島崎藤村、川端康成や谷崎潤一郎、室生犀星、倉橋由美子等々のこの種の作品はそんなに多数存在するわけでない。石坂の数の多さ、その特異な存在は彼らと比較検討する必要がある。しかし、まだ準備不足であった。

それも含めて、今後は残る九項目のうちどれでもよいから、一つずつ処理していくことを心掛けたい。

本書は津軽書房のお世話になった。同書房は私にとって懐かしの出版社であった。まだ大学生だった頃、『福士幸次郎著作集』上下巻という書物が同書房から出版され、それのほんの一部分をお手伝いできた。長部日出雄の『津軽世去れ節』が同書房から出て直木賞を受賞したのは、その数年後である。小山内時雄先生が編まれた『葛西善蔵全集』全四巻にはどれほどお世話になったことか。初代の高橋彰一さんの遺志を継がれた伊藤裕美子さんがこの度の出版を快く引き受けて下さった。感謝したい。

作家というものは徹底して作品にこだわる。できる限り自分の物をより良いものにしようとする。今回は石坂のそんな思いに拘泥した。初出から初刊、再刊の本文異同に細心の注点を払った。

本文で触れることはなかったが、去年一月に三浦雅士氏の刺激的評論書『石坂洋次郎の逆襲』が出版された。偶然にも石坂の後輩にあたる氏と私が評論と研究の分野に違いこそあれ、その再評価の声を続けざまにあげたことを素直に喜びたいと思う。

二〇二一年　仲秋

森　英　一

著者略歴

森　英一（もり　えいいち）

　昭和20（1945）年、青森県弘前市に生まれる。北海道大学大学院博士課程単位習得。金沢大学教授（現・学校教育学類）を経て、平成23（2011）年３月、定年退職。金沢大学名誉教授。金沢近代文芸研究会（『イミタチオ』発行）代表理事。

　主要著作に『石坂洋次郎の文学』（1981年）、『物語石川の文学』（1985年）、『森山啓』（1988年『石川近代文学全集』9）、『明治三十年代文学の研究』（1988年）、『秋声から芙美子へ』（1990年）、『五木寛之の文学』（2005年）、『北國新聞文芸関係記事年表稿』（1981～2006年）、『林政文の生涯』（2018年）、『小説の生誕地—日本海辺の文学研究序説』（2018年）、小説に『不軌の絵師—久隅守景と加賀藩』（1999年）、『夢追いびと等伯』（2001年）、『雪解け頃』（2004年）、『維新の暈』（2010年）、『ねづくとき』2014年）他。